T
dem „Pulverfaß"

Dieses Buch gehört:

TREFFPUNKT KRIMI

Ein Jugendbuch von Pelikan

2. Auflage 1989

© 1988 by Pelikan AG, Hannover
Alle Rechte vorbehalten
Gesamtleitung und Textredaktion: Egon Fein, f-press, München
Umschlaggestaltung: Reiner Stolte, München
Graphische Herstellung: Heinrich Gorissen, München
Gesamtherstellung: Elsnerdruck, Berlin
Printed in Germany
ISBN 3-8144-1241-9

Inhalt

1. Lausch-Aktion　　　　　　　　　　　　　7
2. Um 16 Uhr im MAUSELOCH　　　　　　13
3. Tim wird zum Direx befohlen　　　　　　20
4. Meisners Rache　　　　　　　　　　　　29
5. Einer packt aus　　　　　　　　　　　　35
6. Goldene Haarspitzen　　　　　　　　　　43
7. Wer ist Zado?　　　　　　　　　　　　　53
8. Am toten Briefkasten　　　　　　　　　　59
9. Mutter und mißratener Sohn　　　　　　66
10. Gefesselt im Schrank　　　　　　　　　73
11. Klößchens aufmerksamer Scharfblick　　81
12. Die Schutzgeld-Mafia　　　　　　　　　88

TIM

heißt in Wirklichkeit Peter Carsten, aber kaum einer nennt ihn so. Den Spitznamen hat er weg, weil sein Großvater Timotheus hieß, wie der Mann aus der Bibel, und das finden seine Freunde stark. Früher haben sie ihn Tarzan genannt, den Bärenstarken. Aber Tim wollte nicht mehr mit dem „Affen" verglichen werden, der im Urwald von Baum zu Baum hüpft. Er ist der Anführer unserer vier Freunde, der TKKG-Bande. Das sind die Anfangsbuchstaben ihrer Vornamen: Tim, Klößchen, Karl und Gaby. „Tarzan"-Tim, 13 Jahre und ein paar Monate alt, ist immer braungebrannt und ein toller Sportler – besonders in Judo, Volleyball und Leichtathletik. Seit zwei Jahren wohnt Tim in der Internats-Schule, geht jetzt in die Klasse 9 b. Sein Vater, ein Ingenieur, kam vor sechs Jahren bei einem Unfall ums Leben. Seine Mutter, die als Buchhalterin arbeitet, kann das teuere Schulgeld nur mühsam aufbringen. Doch für ihren Sohn ist ihr nichts zuviel. Tim dankt es ihr mit guten Zeugnissen – ohne ein Streber zu sein. Im Gegenteil: Bei jedem Abenteuer ist Tim, alias Tarzan, vornedran. Ungerechtigkeit haßt er, und deshalb riskiert er immer wieder Kopf und Kragen...

KLÖSSCHEN

ist ein prima Kerl, an dem man nichts auszusetzen hätte, wenn er bloß nicht so vernascht wäre. Eine Tafel Schokolade – und er wird schwach. Noch lieber sind ihm zwei, drei oder gar fünf Tafeln. So bleibt es nicht aus, daß Willi Sauerlich – so heißt er mit vollem Namen – immer dicker und unsportlicher wird. Zusammen mit Tim, in dessen Klasse er auch geht, wohnt er im Internat in der Bude ADLERNEST. Klößchens Eltern, die sehr reich sind und in der gleichen Stadt leben, haben nichts dagegen, denn dem Jungen gefällt es bei seinen Kameraden besser als zu Hause. Da ist mehr los, sagt er. Sein Vater ist Schokoladen-Fabrikant, und er hat sogar einen Zwölf-Zylinder-Jaguar. Heimlich wünscht Klößchen sich, so schlank und sportlich zu sein wie Tim.

GABY, DIE PFOTE

hat goldblonde Haare und blaue Augen mit langen dunklen Wimpern. Sie ist so hübsch, daß Tim manchmal nicht hingucken kann, weil er sonst rot wird. Er mag sie halt sehr gern. Aber affig ist Gaby Glockner deshalb kein bißchen – im Gegenteil: Sie macht alle Streiche mit. Selbstverständlich passen die drei Jungens immer auf sie auf, besonders wenn's gefährlich wird. Vor allem Tim ist dann sehr besorgt. Er gibt es zwar nicht zu, aber wenn es darauf ankäme, würde er sich für Gaby zerreißen lassen. Sie wohnt, wie Karl, bei ihren Eltern in der Stadt, besucht aber auch die Klasse 9b im Internat. Der Vater ist Kriminalkommissar, die Mutter führt ein kleines Lebensmittelgeschäft. Als Rückenschwimmerin ist Gaby unschlagbar, und in Englisch hat sie die besten Noten. Sie ist sehr tierlieb und läßt sich von jedem Hund die Pfote geben, deshalb heißt sie auch „Pfote". Kein Wunder, daß sie mit großer Liebe an Oskar hängt, ihrem schwarz-weißen Cocker-Spaniel. Leider ist er auf einem Auge blind. Aber er riecht alles, besonders gebratene Hähnchen.

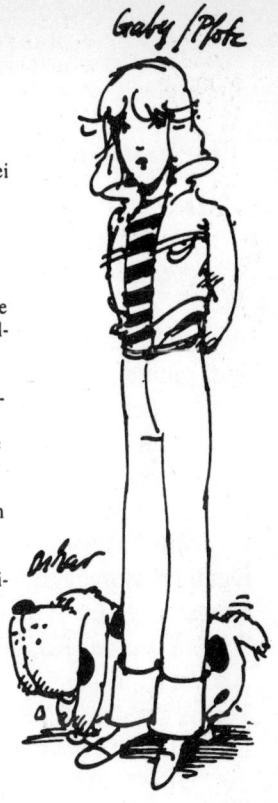

KARL, DER COMPUTER

geht in dieselbe Klasse wie Tim, in die 9b, wohnt aber nicht im Internat, sondern bei seinen Eltern in der Stadt. Er heißt mit Nachnamen Vierstein, und sein Vater ist Professor für Mathematik an der Universität. Wahrscheinlich hat Karl von ihm das tolle Gedächtnis geerbt, denn er merkt sich einfach alles – wie ein Computer. Karl ist lang und dünn, und wenn ihn etwas aufregt, putzt er sofort die Gläser seiner Nickelbrille. Bei einer Prügelei nützt ihm sein Gedächtnis leider wenig. Muskeln wären dann besser. Weil er die nicht hat, bleibt er lieber im Hintergrund und kämpft mit den Waffen seines Gehirns – aber feige ist er nie.

Stefan Wolf

Treffpunkt Krimi – Ein Fall für TKKG

Wilddiebe im Teufelsmoor
Wer raubte das Millionenpferd?
Vampir der Autobahn
Die Nacht des Überfalls
Das Geschenk des Bösen
Der letzte Schuß
Die Gift-Party
Duell im Morgengrauen
Heißes Gold im Silbersee
Schüsse aus der Rosenhecke
Alarm! Klößchen ist verschwunden
Terror aus dem „Pulverfaß"
Die Falle am Fuchsbach

1. Lausch-Aktion

Ohne Zweifel: Der Zettel, der jetzt in Tims Hosentasche steckte, war eine ungeheure Entdeckung. Er war die brandheiße Spur zu einer ganzen Serie von Verbrechen.

Es begann an einem frühen Nachmittag Ende Mai. Regen fiel seit Stunden. Die Großstadt dampfte. Auf den Wiesen blühten Löwenzahn, Wucherblume und Hirtentäschelkraut.

Tim erreichte den Stadtpark und sprang vom Rennrad. Besagter Zettel in der Hosentasche schien zu glühen. Jedenfalls fühlte er sich wahnsinnig wichtig an.

Erstmal, dachte der TKKG-Häuptling, muß ich die Kindsköpfe suchen.

Damit meinte er seine Freunde Klößchen und Computer-Karl.

Was die sich ausgedacht hatten und zur Zeit erprobten, war wirklich ziemlich kindisch. Aber mit 13 Jahren darf man noch spinnen. Es soll ja Leute geben, die das durchhalten bis 80.

Tim schob sein Rennrad durch den Eingang und über den betonierten Fußweg zum Ententeich. Der Regen pladderte auf die Laubbäume. Kastanien warfen Blüten ab. Rotbuchen und Platanen tropften. Die Fliederbüsche dufteten.

Tim umrundete den Ententeich. Eine Flotille Stockenten – Vater, Mutter und fünf allerliebste Entenkinder – folgten ihm dicht am Ufer.

Tut mir ja leid. Tim lachte. Aber zum Füttern habe ich nichts bei mir.

Bei der Brücke schob er zwei Finger zwischen die Zähne und pfiff wie ein Rattenfänger.

Hinter dem Teich-Zufluß teilte sich ein Hartriegel-

Strauch, und Klößchens dicker Kopf schwebte zwischen klatschnassen Blättern.

„Hier sind wir."

Klößchen rief halblaut. Seine Miene drückte aus, daß er die Lauschaktion für ungeheuer wichtig hielt.

Karl grinste von Ohr zu Ohr, als Tim sich durch die Büsche zwängte. Seinen Drahtesel lehnte er an einen Haselstrauch und behielt ihn streng im Auge.

„Und?" fragte Tim. „Läuft was?"

Karl und Klößchen hockten unter einer Edeltanne. Dichte Zweige hielten den Regen ab. Dicht beim Stamm war der Boden trocken.

Klößchen kaute an dem letzten Drittel einer Schoko-Tafel, feixte zufrieden und hielt den Daumen aufwärts.

Zwischen den beiden stand das Walkie-Talkie. Es gehörte Karl. Auch das zweite Sprechfunkgerät war sein Eigentum. Doch das befand sich nicht hier.

„Ist mordsmäßig aufschlußreich, was man so hört", nickte Karl. „Den anderen Reinsprech-Kasten haben wir auf Senden geschaltet. Weißt ja: Man kann entweder sprechen oder hören mit den Dingern. Beides gleichzeitig – das geht nicht. Da ist das Telefon überlegen. Jedenfalls haben wir das Sende-Gerät drüben im Pavillon versteckt. Mit dem hier", er deutete auf das Walkie-Talkie, „empfangen wir."

„Ihr belauscht harmlose Leute", stellte Tim fest, „die keine Ahnung davon haben, daß sie belauscht werden."

„Ist lustig", nickte Klößchen. „Eben war ein beknackter Typ im Pavillon. Hat Selbstgespräche geführt und nur auf den Regen geschimpft. Irre komisch."

„Momentan ist niemand im Pavillon", sagte Karl.

Das traf vermutlich zu, denn aus dem Empfangs-Walkie drang kein Laut.

„Eine gute Gelegenheit, mit dem Unsinn aufzuhören", meinte Tim. „Ich habe nämlich ein heißes Fett in der Pfanne. Bin auf eine Spur gestoßen. Ein Abgrund tut sich auf. Aber geahnt haben wir's ja schon lange. Deshalb ..."

„Pst!" zischte Karl. „Jetzt ist wer im Pavillon. Tim, warte noch einen Moment, bevor du erzählst."

„O Mann!" stöhnte Tim.

Aber dann hörte er eine Mädchenstimme. Sie klang angenehm, obwohl ein Schluchzen in der Kehle steckte.

„Ewald! Ich ... ich ... schäme mich."

Sie weinte.

Tim schätzte, daß es sich um ein Mädchen von 16 oder 17 Jahren handelte.

☆

Für einen ausgekochten Ganoven gestattete er sich bisweilen zuviel Gefühl, und als Carina jetzt weinte, ging ihm regelrecht das Herz auf.

Hier im Pavillon des Stadtparks, wo sie sich jetzt trafen, war die Luft erfüllt vom Duft der Sträucher. Das trichterförmige Schindeldach hielt den Regen ab. Der Pavillon war sechseckig gebaut. Auf der Holzbrüstung hatten Taschenmesser-Besitzer ihre Initialien *(Anfangsbuchstaben)* verewigt. Auf dem Boden, der jeden zweiten Tag vom Parkwächter gefegt wurde, hatte sich wieder viel Dreck angesammelt: Papierreste, Zigarettenstummel, leer-geknautschte Kaugummis, Bierbüchsen und ein neuer Damenhandschuh aus blauem Nappa-Leder.

Ewald Meisner hatte sich neben Carina auf die Holzbank gesetzt. Er war hochgewachsen, elegant, hatte einen schmalen Schädel und graue Schläfen. Im September wurde Meisner 59.

Woran er nicht gern dachte. Ein 39. Geburtstag wäre ihm lieber gewesen – und etwas weniger Rheuma im linken Knie.

Meisner zog sein Einstecktuch aus der Brusttasche und reichte es dem Mädchen.

„Carina! Was ist los?"

Sie trocknete ihre Tränen: eine 17jährige, schlanke Italienerin mit langem, dunklen Haar.

Meisner hielt sie für ein großes Talent auf seinem Gebiet: dem Taschendiebstahl. Aber sie war noch eine Anfängerin. Erst seit einem Jahr erteilte er ihr Unterricht. Kostenlos, selbstverständlich! Hatte er sich doch ein Mädchen wie Carina immer als Tochter gewünscht. Vergebens. Er war seit 40 Jahren Taschendieb. Und ständig auf Achse. Dazu passte keine Frau und keine Tochter. Nicht mal ein Hund.

„Sie ... haben mich erwischt", schluchzte sie.

„Waaas?"

„Im Kaufhaus." Sie schlug die Augen nieder.

„Dich erwischt?" Er schüttelte den Kopf. „Du bist die begabteste Taschendiebin, die ich kenne. Und ich kenne sie alle. Was hast du falsch gemacht?"

„Ich weiß nicht, Ewald." Sie duzte ihn trotz des Altersunterschiedes. „Ich hatte eine kleine Ledertasche unter dem Mantel versteckt. Und schon war dieser Mann da. Der Hausdetektiv."

„In welchem Kaufhaus?"

Sie nannte es.

„Also Plaschke." Meisner nickte. „Hugo Plaschke. Ich kenne jeden Hausdetektiv in jeder Großstadt Europas. Man muß Bescheid wissen. Aber soweit bist du noch nicht."

„Es ... tut mir leid, daß ich dir Kummer mache."

„Kann ja vorkommen." Er klopfte ihr auf die Schulter, was etwas ungeschickt wirkte. „Hast du Hausverbot?"

„Habe ich. Aber das ist nicht das Schlimmste."

„Sondern?"

„Dieser Plaschke hat mich abgeführt wie ... wie eine Diebin. Ins Büro des Abteilungsleiters."

„Von welcher Abteilung?"

„Es ist die fünfte Etage. Bücher gibt es dort, Schallplatten, Uhren, Taschenrechner, Schmuck, Schreibwaren und Leder-Zubehör wie Taschen und Gürtel."

„Dann heißt der Abteilungsleiter Otto Fengstein", nickte Meisner. „Ein großer Hagerer. Richtig? Immer schnieke. Hat eine 50.000-Mark-Uhr mit vielen Brillanten. Auf diesen goldenen Wecker ist er stolz."

„Ja, das war er. Ich habe geheult und ihm die Wahrheit gesagt. Daß ich keinen Vater mehr habe. Daß es Mutter und meinen kleinen Geschwistern nicht gut geht. Fengstein hat's nicht geglaubt."

„Das kannst du auch nicht erwarten."

„Aber durften sie mich so behandeln?"

„Wie denn?"

„Sie haben mich rumgeschubst. Richtig roh. Plaschke wollte mich ohrfeigen. Sie drohten mir mit der Polizei. Und dann mußte ich mich freikaufen."

„Freikaufen?"

„Sie haben mir alles Geld abgenommen. 211 Mark. Ich hätte die Wahl, sagten sie, bei der Polizei zu landen oder meine Tat wiedergutzumachen."

„Das ist ja Erpressung", rief Meisner empört.

Carina – sie hieß mit Nachnamen Vadutti – schneuzte sich in das seidene Einstecktuch.

„Plaschke sagte, sie würden das Geld als Spende verwenden. Für ein SOS-Kinderdorf. Oder für den Tierschutzverein."

„Daß ich nicht lache. Diese beiden Typen würden nicht mal einen Hosenknopf spenden. Aber laß mal, meine Kleine! Die kriegen ihr Fett ab. Dafür sorge ich."

2. Um 16 Uhr im Mauseloch

Regen trommelte auf die Blätter der Büsche.
Das Walkie-Talkie war verstummt.
Staunend hatten die Jungs das Gespräch angehört.
Tim – der früher Tarzan genannt wurde – vergaß für einen Moment den Zettel in seiner Hosentasche.
„Ich schnall ab!" rief Karl. „Das war ja 'ne scharfe Botschaft. Uiiih!"
Tim trat unter die Buche nebenan, streckte sich zu einem pfeilgeraden Senkrecht-Sprung und erwischte den Ast. In etwa 2,7-Meter-Höhe spreizte der sich vom Stamm ab; Tim zog sich im Klimmzug hoch und schob das Kinn über die Rinde. Aus dieser Position reichte der Blick über Büsche, Sträucher und Ententeich bis zum 150 Meter entfernten Pavillon.
Eben trat dort ein ungleiches Paar in den Regen: ein hochgewachsener Mann im Sommertrench und ein junges Mädchen mit langem, dunklen Haar.
„Sie zittern ab." Tims Stimme verriet nicht die geringste Anstrengung, obwohl er sich nur noch mit einem Arm im Klimmzug hielt. Die linke Hand drückte ein beblättertes Zweiglein beiseite. „Wir müssen feststellen, wer sie sind. Aber bei der Verfolgung kann ich nicht mitmachen."
„Was? Wieso nicht?" fragte Klößchen vom Boden her.
„Weil ich vor 16 Uhr im Internat sein muß. Sonst verliert sich dort die Spur."
„Das verstehe ich nicht."
„Ich erkläre es dir gleich." Tim ließ sich herab und federte beim Aufsprung. „Karl, du mußt übernehmen. Geh den beiden nach. Immerhin wissen wir die Vornamen."

Karl stand auf. Jetzt, da die Zeit knapp wurde, hätte er gern gewußt, was anlag. Aber die Infos mußten warten. Tims Blick drängte zur Eile.

Karl schob das Walkie unter seine Windjacke und lief los.

„Wir telefonieren", rief Tim ihm nach.

Klößchen knüllte das Schoko-Papier zusammen und stopfte es in ein Astloch.

„Klasse, wie deutlich das Walkie gesendet hat, nicht? Karl hat ein stärkeres Mikrofon eingebaut. Wir haben das Gerät oben in den Pavillon gehängt. Hinter einen Balken. Ewald und Carina, die Taschendiebe! Schade, daß nicht alle Gangster in den Pavillon kommen. Sonst könnten wir die gesamte Unterwelt entlarven."

„Dort vorn ist ein Papierkorb", sagte Tim. „Schokoladenpapier gehört nicht in Astlöcher. Also nimm's wieder raus."

Klößchen brummelte, erinnerte sich aber an sein Gelöbnis, niemals und nirgendwo die Umwelt zu verschmutzen.

Tim wartete bei seinem Rennrad. Von Karl war nichts mehr zu sehen. Klößchens Stahlroß parkte hinter Haselsträuchern. Der Sattel war naß. Mit dem Taschentuch wischte Klößchen ihn ab.

„Lieber eine nasse Nase als einen nassen Hintern", meinte er dazu. „Und jetzt bin ich gespannt. Wenn du die 16-Uhr-Spur vorziehst, muß ja was dran sein."

Und ob! dachte Tim. Seit Wochen stochern wir mit einem Strohhalm im Nebel. Null Ergebnis. Aber jetzt hebt sich der Nebel. Ich habe glasklaren Durchblick – auf ein erschrekkendes Bild.

Klößchens Mondgesicht spiegelte Erwartung.

„Unterwegs", sagte Tim. „Ich berichte unterwegs. Wir tapern schon mal los. Daß wir nur nicht zu spät kommen."

Sie schoben die Drahtesel.

Eine alte Oma, die linksbeinig humpelte, kam entgegen. Sie hatte einen großen Plastikbeutel mit Brotresten und begann, die Entenfamilie zu füttern.

Die Jungs beobachteten, wie Erpel und Entenmutter dem Nachwuchs alles wegfraßen. Vielleicht, weil die Kleinen sich sonst den Magen verdorben hätten.

„Franzi Lauritzen", sagte Tim. „Woran denkst du, wenn ich den nenne?"

„Er hatte neulich ein blaues Auge. Und ein geschwollenes Ohr. Sah aus, als wäre er verprügelt worden."

„Aber?"

„Er sagt, er hätte sich gestoßen."

„Und?"

„Was und?" fragte Klößchen.

„Und gleichzeitig fiel uns auf, daß Franzi seine Armbanduhr – die goldene – nicht mehr trägt. Habe er verloren, sagte er."

„Ja", nickte Klößchen. „So ist es."

„Ginge es nur um ihn", sagte Tim, „könnte die Sache ein Zufall sein. Aber was haben wir festgestellt? Roderich Obermeier spart sich 98 Mark Taschengeld zusammen. Eines Tages hat er plötzlich eine Beule am Kopf. Und null Mark in der Tasche. Roderich behauptet, er habe das Geld verloren. Ein ähnliches Bild stellt sich dar bei Hartmut Wanke, Erich Obselt, Mario Plessenschmidt, Jens Radtke, Heinz Obskulla, Gotthelf von Memelstein, Fritz Zwetschel, Odemar Nüpp, Karl-Heinrich Dschuschliczek und Friedhelm Kröns-Aalsen. Richtig? Alles Schüler der Unterstufe. Alle sind plötzlich verletzt. Haben blaue Flecke, können nicht mehr sitzen, humpeln – wirken wie durch den Fleischwolf gedreht. Alle behaupten, sie wären vom Rad gefallen, die Treppe runter – oder sonstwie zu Schaden gekommen. Und allen fehlt was

Wertvolles. Die Uhr. Das Taschengeld. Das Kofferradio. Soweit die Tatsachen. Da wir ja nicht blöd sind, vermuten wir, daß die Verletzungen in engem Zusammenhang stehen mit dem Verlust der Wertgegenstände. Wir – besonders ich – befragen die Betroffenen. Aber keiner rückt raus mit der Wahrheit. Sie bleiben bei ihrer Behauptung, die Sachen verloren und sich bei Unfällen verletzt zu haben. Daß ich die Lüge nicht glaube, sage ich. Ohne Erfolg. Radtke, Nüpp und Kröns-Aalsen sind zwar käseweiß geworden. Wanke und Memelstein haben gezittert wie Hundeschwänze – kurz bevor der Vierbeiner vorn zubeißt. Aber die Wahrheit ist nicht ans Licht gekommen. Ich hatte Fransen an der Zunge. Das war alles."

„War alles", nickte Klößchen.

„Wir, die wir nicht blöd sind, dachten uns: Der oder die Täter haben ihren Opfern fürchterliche Angst eingejagt."

„Sozusagen Todesangst."

„Naja. Jedenfalls ausreichend Angst."

„Angst versiegelt die Lippen", erklärte Klößchen.

„Wie? Ja, richtig. Wir stehen also vor einer Mauer des Schweigens."

„Weil keiner was sagt. Alle bleiben stumm."

„Das war die Situation bis heute."

Sie hatten den Ausgang erreicht, saßen auf und fuhren stadtauswärts.

Ein Nebeneinander war anfangs nicht möglich. Deshalb stockte das Gespräch. Dann – auf der Faulhuber-Allee, wo wenig Verkehr herrschte – rückte Klößchen zu Tim auf.

„Du sagst: bis heute. Also ist es jetzt anders?"

Grinsend klopfte Tim auf seine Hosentasche.

„Den Zettel zeige ich dir nachher. Der ist so explosiv wie Benzin unterm Weihnachtsbaum. Der Wisch betrifft Hans-

Peter Mühlsen. Dem ist er vorhin aus der Tasche gefallen. Auf dem Flur."

„Ach ja?"

„Ich sah's. Lurch", das war der Spitzname des Jungen, „hatte nichts gemerkt. Er lief zur Treppe. Ich habe den Zettel aufgehoben, weil ich dachte, es ist was Wichtiges. Ein Glück, daß ich drauf geguckt habe. Ich sage nur: Es haut dir die Kakaobutter aus der Schoko."

„Wirklich?"

„Es handelt sich um den Befehl eines Erpressers. Der Text besteht aus Druckbuchstaben, die aus einer Zeitung ausgeschnitten wurden. Das heutige Datum steht drauf – und ferner: Um 16 Uhr – wenn niemand im Mauseloch ist – liegen Deine Armbanduhr, Dein silberner Kugelschreiber und 50 DM unter Deinem Kopfkissen! Halt Dich vom Mauseloch fern! Sonst bereite ich Dir Höllenqualen. Zado, der Boss."

„Zado?" rief Klößchen. „Wir haben zwar über 500 Schüler auf der Penne. Aber keiner heißt Zado. Das weiß ich genau."

„Logo! Zado ist nur der Deckname. Wer sich dahinter verbirgt? Wir wissen nicht, ob es jemand aus dem Internat ist oder von draußen. Vor allem stellt sich die Frage: Zeigt sich dieser Zado seinen Opfern? Prügel setzt ja Handarbeit voraus. Ferngesteuert oder fabrikmäßig läuft das nicht. Vielleicht tritt Zado maskiert auf, wenn er den Kleinen eine reindrischt. Die machen sich in die Hosen, liefern ihre Wertsachen bei ihm ab und er plündert weiter."

„Unerhört!"

„Der Erpresserbrief hat außerdem ein PS."

„Was? Eine Pferdestärke?"

„Nein. Ein Postskriptum (*Nachschrift*). Und zwar heißt es dort: Uhr, Kugelschreiber und Geld sind der Jahresbeitrag für deine Schutzmacht."

„Schutzmacht?" fragte Klößchen. „Ich denke, Amerika ist unsere Schutzmacht. Militärisch gesehen. Wozu brauchen unsere westlichen Verbündeten den Kugelschreiber und ..."

„Spinn nicht. Dieser Zado fühlt sich offenbar als Boss einer Schutzgeld-Mafia. Wie die verfährt, kennt man aus Gangsterfilmen. Das Opfer muß dafür blechen, daß ihm nichts passiert. Wenn es nicht bezahlt, geht es ihm an den Kragen. Das ist ganz schlicht Erpressung. Die andern Mitschüler, die sich die blauen Flecke eingehandelt haben, wollten offenbar anfangs nicht. Dann gab's Senge, und sie haben bezahlt. Deshalb, Willi, können wir davon ausgehen, daß die Genannten nicht die einzigen sind, an denen Zado sich bereichert. Nein! Das sind nur die augenfälligen Beispiele. Abschreckende Beispiele. Etliche andere unter den Duckmäuser-Typen aus der Unterstufe lassen es gar nicht soweit kommen. Die sehen die Blessuren (*Verletzungen*) der anderen und machen gleich das Portemonnaie auf."

„Ich bin empört. Solche Zustände an unserer Penne? Da erwacht mein Internats-Stolz, von dem ich sonst gar nichts spüre. Du, warum werden wir nicht erpresst?"

„Erstens sind wir Mittelstufe, also schon meilenweit von den Kleinen entfernt. Zweitens weiß Zado sicherlich, daß er mit uns das nicht machen kann. Er brauchte dann selbst eine Schutzmacht – etwa von der Größe der USA."

Klößchen nickte und quetschte nachdenkliche Falten auf sein Mondgesicht.

„Hast du mit Lurch gesprochen?"

Tim schüttelte den Kopf. „Das wäre falsch. Er ist doch der Schisser vom Dienst. Lurch hat Angst vor Tieren, Kellerräumen, Dunkelheit, Freistunden, Paukern, Weltkriegen, Mädchen, Marsmenschen, Gespenstern – einfach vor allem. Nie würde der mir was sagen. Muß er auch gar nicht. Ich weiß ja

Bescheid. 16 Uhr im Mauseloch. Zado tanzt an, um seine Beute zu grapschen. Wundern wird er sich. Und wenn Zado nicht ein Einzeltäter ist, sondern eine ganze Bande dahinter steckt – dann erwischen wir den ersten."

„Sehr gut. Das Mauseloch liegt günstig."

„Naja, so günstig nicht. Im zweiten Stock wäre es mir lieber."

In der großen Internats-Schule vor den Toren der Großstadt tragen bekanntlich alle Schülerbuden Eigennamen. Sinnfällig sind besonders die der jüngeren Schüler.

Tim und Klößchen – die einzigen, die eine Zweier-Bude bewohnen; denn alle andern sind viel-bettig – haben ihr zweites Zuhause ADLERNEST getauft. Das ADLERNEST befindet sich im zweiten Stock des sogenannten Haupthauses, das im Parterre über Klassenräume und den Speisesaal verfügt. Das drei-bettige MAUSELOCH, in dem Hans-Peter Mühlsen schlief, lag im ersten Stock, also eine Treppe tiefer als das ADLERNEST.

„16 Uhr", meinte Klößchen, „ist eine gute Zeit für Zado, den Boss. Da sind alle Unterstufler in der Arbeitsstunde."

„Die Mittelstufler auch. Mit Ausnahme von Peter Carsten. Der lauert im Mauseloch hinter dem Schrank."

„Stark. Aber du mußt darauf achten, daß Zado dich nicht reingehen sieht. Du! Ob vielleicht ein Pauker dahintersteckt?"

„Halte ich für unwahrscheinlich. Allerdings – manchen Steißtrommlern ist alles zuzutrauen."

Klößchen zog seine Uhr zu Rate. „In spätestens einer Stunde wissen wir's."

3. Tim wird zum Direx befohlen

15.30 Uhr.
Cool bleiben! dachte Tim.
Aber das Jagdfieber heizte sein Blut auf. Er hatte Mühe, stillzusitzen.
Es war kühl im ADLERNEST. Seit Anfang Mai wurde nicht mehr geheizt. Das war eine internats-eigene Regelung. Sie wurde stur durchgeführt – auch wenn Mitte Mai Schnee fiel.
Klößchen saß auf dem Bett, den dicken Bademantel um die Schultern gehängt. Eine Tafel Schoko bestand nur noch aus der hinteren Hälfte. Klößchen kaute und meinte, er brauche inneren Brennstoff gegen das frostige Regenwetter.
„Über diesen Herrn Ewald und das Fräulein Carina kann ich nur staunen." Tim hatte sich die dunklen Locken trockengerubbelt mit dem Handtuch und ein frisches Sweatshirt angezogen – ein violettes mit unübersehbarem T auf der Brust.
„Taschendiebe", nickte Klößchen. „Ein lausiger Beruf. Immer dieser enge Kontakt (*Berührung*) mit den Menschen. Aber das muß sein. Sonst ist der Griff in fremde Taschen nicht möglich. Ich stelle mir gerade vor – hähähä –, jemand stellt in seiner Jackentasche eine Mausefalle auf. Der Dieb greift rein und ... Du, die Idee werde ich mir patentieren lassen (*Patentieren = Rechtsschutz für eine Erfindung*)."
„Ich glaube nicht, daß sich das durchsetzt. Hoffentlich kann Karl feststellen, wer die beiden sind."
„Häh?"
„Die beiden aus dem Pavillon."
„Ja, richtig. Man muß ihre segensarme Tätigkeit unterbinden. Sagen wir Gabys Vater Bescheid?"
Tim nickte. „Erinnere dich! Kommissar Glockner erzählte

uns, daß der Taschendiebstahl blüht. Überhaupt: Klauen ist sehr in Mode. Und Erpressung offenbar auch. Wir..."

Er sprach nicht weiter.

Die Tür öffnete sich, und Reinhold Stallheim kam herein. Er war 14, ebenfalls Schüler der 9 b und bewohnte die Bude DACHJUCHHE am Ende des Flurs.

„Hallo!" grinste Reinhold. „Störe ich?"

„Nicht, wenn du gleich wieder gehst", erwiderte Tim.

Aber das war nicht böse gemeint, handelte es sich doch bei dem rothaarigen Reinhold um einen netten Kerl mit vielen Sommersprossen.

„Außerdem", meinte Klößchen ungnädig: „Bei uns klopft man an."

„Entschuldige!" Reinhold hielt einen Zehn-Mark-Schein in der Hand.

„Falls du wechseln willst", sagte Tim, „bist du bei mir an der falschen Adresse. In meinen Geldbeutel breiten sich die Pfennige aus."

„Armer Hund", lachte Reinhold.

„Aber immer gut gelaunt."

„Klar. Was ja kein Wunder ist, wenn man das hübscheste Mädchen der Penne zur Freundin hat. Im übrigen will ich nicht wechseln, sondern tauschen – vielleicht."

„Häh?" Klößchen deutete auf den Zehner. „Den willst du tauschen? Gegen was?"

„Gegen einen anderen Schein."

„Gegen einen Hunderter, wie?"

Reinhold schüttelte den Kopf. „Gegen einen anderen Zehner – vielleicht."

„Wo liegt da der Witz?" Aber sofort breitete sich sonnenhell die Erkenntnis über Klößchens Gesicht. „Ich hab's. Du willst uns reinlegen. Der da ist Falschgeld."

Reinhold lachte in mehreren Tonlagen und schüttelte den Kopf: „Bestimmt nicht. Mein Zehner ist total echt. Es geht doch darum: Ich mache heute die Zehner-Jagd mit. Kennt ihr nicht? Steht in der heutigen Tageszeitung. Ist ein Werbegag. Und der geht so: Wer den Zehn-Mark-Schein mit der Seriennummer CP 2139639 A entdeckt – und zum Verlagshaus bringt, kriegt zehn Zehner. Also 90 Mark geschenkt. Gut, was?"

„Das weckt meine Geldgier."

Klößchen stand auf, öffnete seinen Schrank und suchte nach dem Portemonnaie.

Erst räumte er zehn Tafeln Schoko beiseite, dann fand sich der Geldbeutel.

„Mal sehen."

Klößchen zog ein dickes Bündel Scheine hervor.

„Bin gut bei Kasse. Ist alles Geburtstagsgeld. In meiner zahlreichen Verwandtschaft herrscht Mangel an Phantasie. Viele wissen nicht, was sie dem lieben Willi zum Geburtstag schenken sollen. Wo er doch schon alles hat, der Willi. Vor allem Schokolade. So stecken sie denn Geld ins Glückwunsch-Kuvert, und mir ist das recht. Denn Kohle braucht unsereins immer."

Er setzte sich an den Tisch und begann zu zählen.

„22 Zehner. Nicht schlecht."

„Geldsack!" meinte Tim.

„Wer hat, der hat", grinste Klößchen – und blickte zu Reinhold auf. "Wie war die Seriennummer?"

Der DACHJUCHHE-Bewohner hatte sie auf den Rand seiner Banknote notiert.

Sie begannen, Klößchens Scheine zu prüfen.

Tim sah auf die Uhr.

16 Minuten vor vier. Der Countdown lief.

Lurchs Sachen, dachte Tim, liegen jetzt unter dem Kopfkissen. Kurz vor vier ist keiner mehr im MAUSELOCH. Dann kommt Zados Moment. Aber vorher komme ich.

„Da!" brüllte Klößchen.

Triumphierend schwenkte er eine abgegriffene Banknote.

„Was?" staunte Tim. „Habt ihr den richtigen gefunden?"

„So ein Dusel!" freute sich Reinhold. „Er ist es tatsächlich."

Abermals verglich er die Seriennummern.

Tim trat an den Tisch.

Die Banknote war nicht nur abgegriffen. Auf der Rückseite, wo das Segelschiff durch die Wellen reitet, breitete sich auch ein fetter Tintenklecks aus. Er hatte die Form eines Kleeblatts. Nur der Stengel fehlte.

„Hm." Klößchen wirkte nachdenklich. „Eigentlich ist es ja mein Zehner, nicht wahr?"

„Willi!" sagte Tim. „Du hast keine Ahnung gehabt von der Zehner-Jagd. Es wäre unfair, wenn du Reinhold den Umtausch verweigerst."

„Aber er könnte mich ein bißchen beteiligen. Das denke ich mir als Geschäftsmann, der ich mal werde. Sagen wir, Reinhold, ich kriege drei Tafeln Schokolade. Abgemacht?"

„Abgemacht!"

Reinhold schlug ein, indem er Klößchens ausgestreckte Hand schüttelte.

Die Scheine wurden getauscht.

„Morgen nachmittag bringe ich ihn zum Verlagshaus", erklärte der Zehner-Jäger und zog ab.

„Elf Minuten vor vier", sagte Tim. „Am besten, du trollst dich in die Arbeitsstunde. Ich warte noch ein paar Minuten, dann schlüpfe ich ins MAUSELOCH."

„Hals und Beinbruch." Klößchen nahm seine Büchermappe. „Falls du Hilfe brauchst – weißt ja, wo ich bin. Aber gegen dich hat Zado bestimmt keine Chance."

Als Tim allein war, band er die Schleifen seiner Turnschuhe neu. Vermutlich würde es zu einer Keilerei kommen. Dabei ist ein fester Stand wichtig. Aber wenn die Schuhe schlakkern, kippt man leicht aus denselben.

16.52 Uhr.

Tim erhob sich vom Bett. Er war gespannt, aber nicht nervös. Wenn er Zado erwischte, wurden möglicherweise ein paar Dutzend Verbrechen aufgedeckt. Außerdem...

Es klopfte. Fast gleichzeitig öffnete Dr. Alois Genschhöfer, der heutige EvD (*Erzieher vom Dienst*), die Tür.

„Tim, sofort zum Direktor."

„Waaas?"

„Was?! Wie bitte, heißt das! Du sollst sofort zum Direktor kommen."

„Nein!" fuhr es Tim heraus. Und für einen Moment wußte er nicht, ob er's nur gedacht oder auch ausgesprochen hatte.

„Nein? Was heißt nein? Du sollst zum Direktor kommen."

Genschhöfer unterrichtete Latein und Griechisch, was aber niemand vermutet hätte. Der 30jährige kleidete sich fast wie ein Punker, trug am linken Ohr einen Goldring und hatte eine Braut aus der Rock-Szene. Jedenfalls versuchte Miß Fiffi, wie sie von den Schülern genannt wurde, um jeden Preis als Rock-Sängerin Karriere zu machen. Sie hatte zwar mit dem Studium der Betriebswirtschaft begonnen, wie man hörte, trat aber jeden zweiten Abend in der zur Zeit heißesten Disko der Stadt auf, im PULVERFASS.

„Ich meine ... äh...", Tim mußte sich zusammenreißen, um nicht zu stottern. „Gleich fängt die Arbeitsstunde an."

Genschhöfer musterte ihn wie ein außerirdisches Wesen.

„Tim! Was ist los? Der Herr Direktor will dich sprechen.

Jetzt sofort. Bei der Arbeitsstunde bist du damit entschuldigt."

„Jetzt? Sofort? Muß es wirklich sein?"

Mit beiden Händen packte Genschhöfer sein pinkfarbenes Hemd an der Brust. „Sag mal, träume ich? Flippst du aus? Oder hast du was gegen unseren Chef?"

Tims Zähne knirschten. „Um halb fünf hätte ich Zeit. Jetzt geht's nicht. Ich ... Das heißt, doch. Ja, ganz schnell. Es geht doch schnell? So, daß ich um 16 Uhr zurück bin. Also in ..." Er sah rasch auf die Uhr. „Jetzt aber Tempo! Wo ist der Direx? In seinem Zimmer?"

Mit einem Satz war Tim an dem Pauker vorbei.

„Langsam!" rief der. „Ja, drüben in seinem Dienstzimmer."

Tim raste bereits durch den Flur, hörte aber noch, wie Genschhöfer murmelte: „Was ist in den Jungen gefahren? Wird hier gehascht? Aber Tim wäre doch der letzte ... Nein, der rührt sowas nicht an."

Tim sauste, nein, flog die Treppe hinunter, rannte am Haupteingang um Haaresbreite zwei Küchenhelferinnen über den Haufen, hörte ihr Quietschen, hechtete über den Pausenhof und hinüber ins Gelbe Haus, wo der Internatsdirektor Dr. Olaf Freund sein Dienstzimmer hat – neuerdings jedenfalls. Denn im Schnitt zieht er halbjährlich um.

Eine Treppe. Der Flur. Stille hier. Irgendwo klapperte plötzlich eine Schreibmaschine. Tim klopfte an Freunds Tür und trat auch schon ein.

„Guten Tag, Herr Direktor. Da bin ich."

Dr. Freund, der Schulleiter mit dem markanten Schädel, saß hinter seinem Schreibtisch. Im Aschenbecher kokelte eine Zigarre vor sich hin. Freund trug eine dunkelblaue Krawatte mit Pünktchen und ein Brusttaschen-Ziertuch vom selben Muster. Eine Unmutsfalte kerbte die Stirn über der Nasenwurzel.

Gert Fährmann drehte den Kopf und sah Tim an.

Henkerschweiß und Verdammnis! dachte der TKKG-Häuptling. Jetzt kann ich Zado vergessen.

Gert Fährmann hatte sich auf einem der Besuchersessel niedergelassen und die Beine übereinander geschlagen. Gert war stellvertretender Schulsprecher, 19 Jahre alt und in Tims Augen ein Mistkerl. Dieser Sympathie-Mangel beruhte auf Gegenseitigkeit. Gerts kurze Oberlippe ließ nicht nur die Zähne, sondern auch einen Streifen vom Zahnfleisch frei. Das sah aus, als könne er vor Ekel nicht an sich halten. Eine blonde Tolle hing meistens über dem rechten Auge. Links verlief ein exakter Scheitel bis zum Hinterkopf. Gert war sehr groß und hatte den Spitznamen ‚Eintänzer‘, was aber ungerecht war, denn er betrieb Gesellschaftstanz als Sport und gehörte dem städtischen Tanzsport-Club an. Gert war externer Schüler.

„Setz dich, Tim!" sagte der Direx.

Auch das noch! Jede Sekunde war kostbar. Aber hier kam er so schnell nicht mehr raus.

„Also, Gert?" wandte Dr. Freund sich an den Schulsprecher-Vize (*Stellvertreter*).

Fährmann räusperte sich. „Ich kann nur wiederholen, was ich gesehen habe."

„Bitte, tun Sie's!"

Von der Seite schielte Fährmann in Tims Richtung. „Der Schüler Peter Carsten, Tim genannt, wurde gestern abend gegen 23.40 Uhr in der Stadt gesehen. Mit seinem Fahrrad fuhr er durch die Toddenkamp-Straße, an der Diskothek Pulverfaß vorbei. Ich sah ihn. Und außer mir ein Halbdutzend Leute. Sie erkannten in Tim einen Internatsschüler und regten sich darüber auf, daß ein 15jähriger um diese Zeit in der Stadt ist. Dort im Internat – wurde gesagt – gehe es wohl zu wie in einem Schweinestall. Weil ich mich verantwortlich fühle für das Ansehen unserer Schule in der Öffentlichkeit, hat mich dieser Vorfall schockiert. Peter Carstens Verhalten untergräbt unser Ansehen."

Ich glaub', mir fallen die Glotzer raus! Tim holte tief Luft.

Dr. Freund sah ihn an. „Nun?"

„Erstens bin ich noch nicht mal 14, geschweige denn 15. Zweitens lag ich gestern abend um 22 Uhr im Bett. Ich habe noch ein bißchen gelesen und bin dann eingeschlafen."

„Du meinst also, Gert hat sich geirrt?"

„Ich meine, er lügt."

Für einen Moment war es verdächtig still.

Gerts Oberlippe wurde noch kürzer. Die Haartolle rutschte über das Auge.

„Ich lüge? Soso. Du leugnest also, daß du an der Disko Pulverfaß vorbeigefahren bist?"

„Hundertmal bin ich dort vorbeigefahren. Aber nicht gestern. Und nicht kurz vor Mitternacht."

Gerts Blick wurde kalt. „Daß du unverschämt bist, ist allgemein bekannt. Aber ich nehme es nicht hin, daß du mich der Lüge..."

„Bitte!" fuhr der Direx dazwischen. „Keinen Streit! Keine Auseinandersetzung! Ich will den Sachverhalt geklärt wissen. Tim, warst du letzte Nacht in der Stadt?"

„Nein, war ich nicht."

Das entsprach der Wahrheit. Trotzdem – eine Gänsehaut rieselte Tim über den Rücken. Die Situation war teuflisch. Denn Gerts Beschuldigung enthielt nicht nur ein Körnchen Wahrheit, sondern einen ganzen Brocken.

Der Schulsprecher-Vize hatte Tim in der Toddenkamp-

Straße gesehen, beim PULVERFASS, und kurz vor Mitternacht. Aber nicht gestern, sondern vor neun Tagen. Genau vor neun Tagen.

Tims Gehirnwindungen ächzten. Was lief hier? Wieso versuchte dieses Stinktier, ihn in die Pfanne zu hauen – jetzt, nach neun Tagen? Und warum fälschte Fährmann das Datum? Der mußte doch wissen, daß es neulich war und nicht gestern!

4. Meisners Rache

Ewald Meisner, der Taschendieb, gehörte zur schnellen Truppe. Mit seinem Alfa Romeo fuhr er nach Hause. Dort brauchte er nur Minuten, um sich in einen Penner zu verwandeln. Dieses Kostüm gehörte manchmal zu seinem Job.

Jetzt trug Meisner Klamotten wie einer, der kein Fünf-Mark-Stück wechseln kann, hatte aber eine gefüllte Brieftasche bei sich.

Er fuhr zum Kaufhaus und dort die Rolltreppe in die fünfte Etage hinauf.

Nachdem er sich umgesehen hatte, umkreiste er den Stand, wo Modeschmuck – kein billiger – von einer Fachfrau verkauft wurde.

Eine Kundin ließ sich soeben beraten.

Meisner stand seitlich.

Verstohlenheit war ihm ins Gesicht geschrieben.

Er sah über die linke Schulter hinter sich, dann über die rechte. Und blitzschnell schob er die Halskette in seine Hosentasche.

Die Kette war mit 880 Mark ausgezeichnet – wegen 18karätiger Goldplattierung und einem Dutzend bunter Cabochons (*Schmucksteine*).

Meisner spürte das Objektiv der Überwachungskamera wie eine Pistolenmündung im Nacken. Himmel, wie er diesmal gegen seine Grundsätze verstieß!

Er kam bis zur Rolltreppe.

Stählerne Finger umschlossen seinen Oberarm.

„Machen Sie kein Aufsehen!" sagte Plaschke durch die Zähne. „Kommen Sie mit!"

„Was?" Meisners Mund zuckte. „Weshalb denn?"

„Sie haben gestohlen. In Ihrer linken Hosentasche befindet sich eine kostbare Kette. Sie sind an der Kasse vorbei – also versuchen Sie gar nicht erst, sich rauszureden. Gehen Sie vor mir her! Und nicht in die Tasche greifen!"

Meisner fügte sich, trottete voran, ließ sich befehlen, wo es langging, und murmelte mehrmals, das sei ja nun ein lächerlicher Irrtum.

Fengstein – ein Managertyp der harten Sorte – saß in seinem Büro. An der Wand hing ein großes Schild mit der Aufschrift: *Tempo, Leute, ihr könntet längst fertig sein.*

„Otto, ich habe wieder einen." Plaschke grinste.

Der Hausdetektiv war mittelgroß und bullig. Vor zehn Jahren hatte er geglaubt, als Profi-Boxer mindestens Europameister zu werden. Davon war nichts geblieben außer Narben an den Augen und einer zerbeulten Nase. Er hatte mehrere Goldzähne und hellblaue Pupillen.

„Tolle Erfolgsquote, Hugo!" lobte Fengstein. Unter seinen hageren Wangen hoben sich die Zähne ab.

„Dieser Drecksack hat beim Modeschmuck zugelangt", erklärte Plaschke. „So, Mann!" wandte er sich an Meisner. „Und nun leerst du die Taschen. Alles auf den Tisch. Aber zuerst die Brieftasche mit dem Ausweis."

„Ich protestiere", verkündete Meisner mit wackliger Stimme. „Ich habe nichts gestohlen."

„Deine Brieftasche!" brüllte Plaschke ihn an. „Los!"

Erschrocken war Meisner zurückgeprallt.

Jetzt zuckte er mit den Achseln und tat, wie ihm geheißen.

Er hatte viel Krimskrams in den Taschen und begann, ihn auf dem Schreibtisch auszubreiten.

Plaschke griff sofort zur Brieftasche.

„Donnerwetter!" Er pfiff durch die Zähne. „Dieser Penner, Otto, schleppt an die 2000 Mark mit sich rum. Wahrscheinlich geklautes Geld."

„Das Geld", sagte Meisner, „habe ich mir mit ehrlicher Arbeit verdient. Mit Schneeräumen, Rasenmähen, Unkraut-Jäten, Autowaschen und..."

„Quatsch keine Opern, du Dieb!" fuhr Plaschke ihn an. „Oder sollen wir dich gleich den Bul... der Polizei übergeben? Heh? Schmeckt dir nicht, wie? Es ist nicht zu fassen. Klaut der Kerl eine wertvolle Kette – und meint, wir sehen tatenlos zu. Otto, was meinst du: Mit einer guten Tat könnte der Kerl die Sache wiedergutmachen. Ja? Ich denke da an eine Spende fürs Rote Kreuz oder die Heilsarmee. Das kommt dich immer noch billiger, Freundchen, als eine Anzeige."

„Ich soll spenden?" fragte Meisner.

„Als Buße. Und zwar alles, was du hier in der Brieftasche hast. Wir ziehen das Geld ein. Und leiten es weiter ans Rote Kreuz. Klar? Damit ist gewährleistet, daß es dort auch wirklich ankommt, das Geld. Wie heißt du?"

„Karl-Friedrich Duzielsky. Aber ich spende nichts. Ich behalte das Geld."

„Das entscheiden wir. Klar? Ein Dieb hat hier gar nichts zu melden. Wo wohnst du?"

„Kunze-Straße 111. Ich will aber nichts spenden."

„Schnauze!" zischte Plaschke. „Kunze-Straße – wo ist das?"

„Beim Schlachthof."

„Ah so. Und nun pack weiter aus. Das ist noch nicht alles."

„Was denn noch?" Meisner blinzelte. „Meine Taschen sind leer."

„Wir warten auf die Kette. Sie ist in deiner linken Hosentasche. Also raus damit! Nicht so schüchtern."

„Ich habe keine Kette. Das sage ich schon die ganze Zeit."

„Sollen wir die Polizei rufen?" schnarrte Fengstein. „Zur Leibesvisitation (*Visitation = Durchsuchung der Kleidung*)?"

Meisner streckte die Arme zur Seite. „Machen Sie's. Wenn Sie nicht glauben, was ich sage."

Plaschke zog ein angewidertes Gesicht, als er dem vermeintlichen Stadtstreicher die Taschen filzte.

Der Hausdetektiv suchte sorgfältig. Seine Miene nahm einen blöden Ausdruck an.

„Otto!" Plaschke blökte durch seine Goldzähne. „Ich weiß es genau. Er hat eine Halskette aus unserer Serie Schwarzer Vulkan genommen. Er kann sie nicht weggeworfen haben. Ich war aufmerksam wie ein Luchs."

Fengstein kam hinter dem Schreibtisch hervor und forderte Meisner auf, aus den Schuhen zu schlüpfen.

Auch das führte zu keinen Erfolg, sondern lediglich zu einem Zusammenstoß, als Meisner stolperte und den Abteilungsleiter fast umriß.

Wie wütend die beiden waren!

Meisner unterdrückte ein Grinsen.

„Glauben Sie mir jetzt? Nur weil ich abgerissen rumlaufe, bin ich noch lange kein Dieb. Aber das ist ja typisch. Immer auf die sozialschwachen Mitbürger. Wer nicht aussieht wie Sie – der muß ein Verbrecher sein. So! Und keine Mark spende ich. Klar? Dazu können Sie mich nicht zwingen."

Unglaublich schnell verstaute er seine Habseligkeiten in den Taschen.

Fengstein murmelte was von einem Irrtum.

Plaschke war gelb im Gesicht.

„Ich bestehe nicht darauf, daß Sie sich entschuldigen", meinte Meisner – und raus war er zur Tür.

Im Sturmschritt verließ er das Kaufhaus. Jetzt war Eile geboten. Gleich würde sich in Fengsteins Büro die Wut wie ein Gewitter entladen.

Meisner lächelte, als er das kleine Café in der Seitenstraße betrat. Die Preise waren hier niedrig, kaum knöchelhoch, und die Gäste erwarteten nicht, daß plötzlich ein gekröntes Haupt oder ein orientalischer Ölscheich samt seiner Rolls-Royce-Karawane hereinkäme. Dennoch – einige Früh- und Klein-Rentner rümpften die Nase, als der flotte Penner sich an den Tischen vorbei schob. Bei aller Bescheidenheit, die nun mal zu ihrem Leben gehörte wie das kleine Frühstücksei im Cafe, wollten sie sich doch nicht auf eine Stufe stellen mit so einem zerlumpten Gammler. Der roch ja aus allen Knopflöchern, daß einem der Appetit auf den Kaffee vergehen konnte!

Carina saß hinter einer Palme. Hier war man unbeobachtet. Allenfalls die Serviererin kam vorbei. Im Moment freilich machte sie keinen Startsprung, um den Penner zu bedienen.

„Hallo!"

Meisner legte Plaschkes Armbanduhr auf den Tisch.

„Oh?" Carina machte runde Augen.

„Ist nicht viel wert", erklärte er. „Die überlasse ich meinem Hehler als Zugabe. Aber für die hier", er zeigte Fengsteins goldene 50.000-Mark-Uhr, an der die Brillanten blitzten, „hat sich's gelohnt." Er lachte. „Und Plaschke kriegt sicherlich eine Gallenkolik, wenn er die Halskette in seiner Hosentasche findet."

Carina lächelte und nippte an ihrem Espresso. „Die Strafe haben sie verdient."

Meisner nickte. „Es sind miese Erpresser. Keine ehrlichen Diebe wie wir. Auch mich wollten sie ausplündern, die beiden. Mit dem Spenden-Trick. Das scheint deren Masche zu sein. Bei den frisch ertappten Opfern haben sie natürlich ein denkbar leichtes Spiel. Denn die kriechen seelisch auf dem Bauch und können sich nicht aufmüpfen wegen des schlechten Gewissens. Also wirklich! Jeden Dieb sollte man warnen vor Plaschke und Fengstein."

5. Einer packt aus

Internats-Direktor Dr. Freund runzelte die Stirn, glättete sie wieder und bedachte Tim mit einem nachdenklichen Blick.

„Ich weiß, daß du Courage (*Mut*) hast und für Verfehlungen den Kopf hinhältst. Einerseits. Andererseits kenne ich deine Abenteuerlust und den Drang zur Freiheit. Ein nächtlicher Ausflug würde gut dazu passen. Und einer wie du findet bestimmt einen Weg, um – trotz verschlossenen Eingangs – aus dem Haupthaus zu entkommen."

Fährmann begann eifrig zu nicken. Die Haartolle rutschte noch tiefer. Mit dem rechten Auge sah er jetzt nichts mehr. Deshalb warf er den Kopf nach hinten wie ein störrischer Hengst seine Mähne.

Tim grinste den Schulleiter an. „Sie charakterisieren mich richtig, Herr Direktor. Und Tatsache ist: Ich war gestern nacht in meinem Bett, nur in meinem Bett, nirgendwo sonst. Wenn ich mir mal eine halbe oder zweidrittel Nacht um die Ohren schlage, bin ich entweder bei Viersteins eingeladen – durch meinen Freund Karl – oder bei Sauerlichs – durch meinen Freund Willi. Oder – auch das ist schon vorgekommen – Herr Glockner entschuldigt mich, weil ich bei irgendeiner verbrecherischen Ungerechtigkeit die Nase im Wind habe und dem Kommissar nützlich sein kann. Trifft aber alles nicht zu für die letzte Nacht."

Auch Tims Worte wurden von Gert Fährmann gestenreich begleitet, jedoch nicht mit eifrigem Nicken, sondern mit entschiedenem Kopfschütteln.

„Ich glaube dir, Tim", sagte der Schulleiter. „Gert hat sich offenbar geirrt. Wen oder was die Passanten wahrgenommen haben – das ist ohnehin keine Brücke, auf die ich einen Fuß setzen würde."

„Herr Direktor", schrillte Gerts Stimme protestierend. „Ich weiß genau..."

„Schluß damit", gebot Dr. Freund. „Tim hat noch nie das Ansehen unserer Schule geschädigt. Im Gegenteil. Er und seine Freunde haben viel dazu beigetragen, daß Mißstände und sogar Verbrechen aufgedeckt wurden. Das fällt in sehr angenehmer Weise auf unsere Bildungsanstalt zurück. Tim, du kannst gehen."

Der TKKG-Anführer ließ sich das nicht zweimal sagen, sondern sauste hinaus wie ein geölter Blitz. Freilich nicht, ohne einen Blick auf den Schulsprecher-Vize abzuschießen – einen Blick voller Unheil, mit der Verheißung „Wir sprechen uns noch."

Dieses Stinktier! dachte Tim, während er zum Haupthaus hinübersauste. Diese Charakter-Mumie! Dem verdanke ich's, daß im Mauseloch jetzt alles gelaufen ist. Oder? Habe ich noch eine Chance?

Seine Handgelenk-Zwiebel, die meistens eine Minute vorging, zeigte 16.14 Uhr.

Im Haupthaus spurtete er die Treppe hinauf.

Über Gert Fährmanns Verleumdungs-Aktion würde er später nachdenken. Jetzt mußte gehandelt werden.

Kein Laut war zu hören in der ersten Etage. Sämtliche Schüler befanden sich unten in den Klassenräumen und saßen die Arbeitsstunde ab – beschäftigt mit Hausaufgaben und freiwilligem Pauken.

Alle Buden waren leer.

Das MAUSELOCH!

Tim horchte an der Tür. Stille schwappte ihm ins Ohr und zum andern wieder raus.

Er öffnete die Tür.

Hans-Peter Mühlsens Bett stand am Fenster.

Tim sah sofort, daß eine Ecke des Kopfkissens umgeknickt war.

Er trat ein. Niemand versteckte sich – weder hinter den Schränken noch unter den Betten. Tim hob Hans-Peters Kopfkissen an. Nichts. Aber das Laken war eingedrückt an einer Stelle. Hier hatte vermutlich die Uhr gelegen.

Also zu spät.

Tim fluchte hinter geschlossenen Lippen, daß es den Bakkenzähnen kalt über den Schmelz lief.

Dieser elende Zwischenfall! Ohne das Kommando zum Direx hätte Zado und Co – falls der kein Einzeltäter war – jetzt ausgespielt.

Ein elender Zufall, dieser Zwischenfall. Oder? War das so zufällig nicht?

Tim schickte ein paar Gedanken los – in diese Richtung –, wurde aber auf halbem Weg gestört. Denn draußen auf dem Flur näherten sich schlurfende Schritte.

Sie kamen zum MAUSELOCH.

Blitzartig verschwand Tim hinter einem der Schränke. Der stand so, daß er eine Zimmerecke teilweise abschnitt – also wie gemacht als Versteck.

Die Schlurfschritte schlurften herein. Die Tür wurde geschlossen. Ein langer Seufzer schwebte durch den Raum.

Tim linste an der Kante vorbei.

Hans-Peter Mühlsen, genannt Lurch, wandte ihm den Rükken zu, beugte sich über sein Bett, äugte unters Kopfkissen.

Noch ein Seufzer. Dann öffnete Lurch den Schrank und nahm ein Schulbuch sowie einen Rechenblock heraus.

„Rühr dich nicht von der Stelle!" befahl Tim mit dumpfer, total verstellter Simme.

Lurch japste erschreckt und erstarrte dann zur sprichwörtlichen Salzsäule.

„Nicht umdrehen!" befahl Tim. „Du weißt, wer ich bin?"

„Neiiin." Lurchs Stimme zitterte. „Ich ... kenne dich, Sie ... äh ... kenne niemanden."

„Aber du weißt, daß ich Zado bin?"

„Jjjja."

„Und daß ich dich fertigmache, wenn du irgendwas verrätst?"

„Jjjja"

„Ich bin deine Schutzmacht."

„Jjjja."

„Darüber freust du dich doch?"

„Sehr. Jjjja, sehr."

„Dreh dich um!"

Tim trat hinter dem Schrank hervor.

Lurch bewegte sich nicht. Er war zwölf, aber klein für sein Alter, hatte blonde Locken und die ersten Pubertätspickel auf dem blassen Gesicht.

Freilich – im Moment sah Tim nur seinen Nacken.

„Du sollst dich umdrehen!"

„Aber ... dann ... dann ..."

„Dreh dich um!"

Jetzt, endlich, gehorchte der Junge.

Seine Augen weiteten sich. Fassungslos starrte er Tim an. „Du? Du bist ... Zado?"

Tim sagte erstmal nichts, verzog nur das Gesicht, als hätte er statt aus einer Milchflasche aus einem Tintenfaß getrunken. Kopfschüttelnd sah er Lurch an; und der wurde immer kleiner unter Tims Blick.

„Nein, ich bin nicht Zado. Aber ich habe den Zettel gefunden, den du verloren hast. Ich wollte hier sein, um Zado abzufangen, kam aber leider zu spät, weil man mich zum Direx rief. Man hat dir also die Uhr, Geld und Kugelschreiber abgenommen – besser gesagt: geraubt. Und du läßt dir das gefallen, einfach so."

„Ich ... weiß nicht, wovon du redest", stammelte Lurch.

„Komm, Hans-Peter! Das zieht jetzt nicht mehr. Eben, als du glaubtest, Zado stünde hinter dir, hast du dir zwar in die Hose gemacht, aber prima geantwortet. Und jetzt erzählst du mir, was da läuft."

„Das ... kann ich nicht. Der ... der bringt mich sonst um."

„Blödsinn! Niemand wird umgebracht. Ich habe schon lange den Verdacht, daß etliche Mitschüler aus der Unterstufe unter Druck gesetzt werden. Ich will die Namen nicht aufzählen. Allen Jungs ist gemeinsam, daß sie mit blauen Flecken verziert sind und massenweise Geld sowie Wertgegenstände verlieren. Den Paukern ist noch nichts aufgefallen – erstaunlicherweise. Aber wir von der TKKG-Bande halten die Augen offen. Weißt du überhaupt, daß du Zados Zettel verloren hast?"

Lurch starrte mit offenem Mund, schüttelte den Kopf und griff in die Hosentasche.

Aber dort war der Zettel nicht mehr.

„Verloren."

„Sagte ich doch." Tim zog ihn aus der Hosentasche. „Weshalb bist du jetzt hergekommen?"

„Die Räsenhupf hat mich geschickt. Sie gibt mir Nachhilfe. Aber ich habe mein Mathe-Buch vergessen. Mann, hatte ich einen Bammel, daß der Zado vielleicht noch hier ist. Deshalb bin ich so laut wie möglich gekommen."

„Hans-Peter, wer ist Zado?"

Der Junge hob die Achseln. „Keine Ahnung. Ehrlich nicht. Ich glaube, auch von den andern weiß es keiner. Allerdings ist es so, daß niemand darüber spricht. Jedenfalls nur ganz selten. Alle schämen sich. Nur am Anfang wurde geredet. Als sich einige widersetzten. Sie lachten, als sie ihr Geld und ihre Sachen an die Schutzmacht Zado abliefern sollten. Alle haben nämlich Briefe gekriegt. Solche wie meiner. Aber bald hat niemand mehr gelacht. Weil sie verdroschen wurden – nach Strich und Faden. Jetzt macht jeder, was Zado verlangt, sagt's aber nicht weiter. Mich hatte er bisher verschont. Den Brief habe ich erst heute mittag gekriegt."

„Auf welche Weise?"

„Als ich nach der fünften Stunde herkam, lag er auf dem Kopfkissen."

„Niemand hat gesehen, von wem er dort hingelegt wurde?"

Lurch hob die Achseln.

„Mir fallen zwölf Mitschüler ein", sagte Tim, „die offensichtlich verprügelt wurden. Von wem? Sie müssen doch wissen, wer sie verkloppt hat."

„Ich glaube, das war jedesmal in der Stadt. Mit Sicherheit weiß ich's aber nur von Gotthelf und Odemar", er meinte Gotthelf von Memelstein und Odemar Nüpp. „Die wurden regelrecht überfallen. Gotthelf im Plickenpark und Odemar hinter der Disko Pulverfaß. Es waren zwei Schläger, beide Male dieselben."

„Wer?"

Lurch zögerte. „Wenn die erfahren, daß ich . . ."

„Keine Sorge! Wir beide haben nie darüber gesprochen. Ich verspreche dir, daß du nicht erwähnt wirst."

„Weißt du, Tim, es ist nur, weil . . . Es muß sich um eine Bande handeln, tatsächlich um so eine Schutzgeld-Mafia. Die beiden Schläger sind nur die Schläger. Andere müssen dazu gehören. Mitschüler. Die hier Zugang zu allen Buden haben, uns im Auge behalten, alles hören und wissen. Das ist ja das Unheimliche. Die beiden Schläger sind nicht aus dem Internat, sind auch keine externen Schüler. Kannst mir glauben: Mit niemandem außer dir würde ich darüber reden. Du bist erhaben über jeden Verdacht. Wenn mich wer anders fragte, würde ich mich dumm stellen. Es könnte ja Zado selber sein – oder einer seiner Spione. Und davor habe ich natürlich angst. Verstehst du?"

„Verstehe", nickte Tim. „Aber nochmal zu den Schlägern. Über die weißt du offensichtlich Bescheid."

„Nicht direkt. Der Gotthelf kennt sie vom Sehen. Beide arbeiten schon länger im Pulverfaß. Der eine als Diskjockey, der andere hilft hinter der Bar. Odemar, der schon zweimal nachmittags im Pulverfaß war, aber jetzt freilich nicht mehr hingeht – aus Angst, das kannst du dir denken –, Odemar weiß sogar die Namen der beiden obermiesen Typen, die außer feigem prügeln nicht drauf haben: Sie heißen Bodo und Frank."

„Na, prima. Das ist mehr als ich erwartet habe. Aber wieso haben Gotthelf und Odemar die beiden Schläger mit Zado und seiner Schutzgeld-Mafia in Verbindung gebracht?"

„Weil sie's gesagt haben."

„Was gesagt?"

„Bevor Gotthelf und Odemar verdroschen wurden, sagten die Schläger jedesmal das gleiche. Nämlich: ‚Was dir jetzt passiert, kann dir nur passieren, weil du nicht unter Zados Schutz stehst. Weil Du den Beitrag nicht bezahlt hast.' Und dann ging's los."

„Jetzt habe ich den Durchblick." Tim lächelte wölfisch. „Fällt dir noch was ein?"

„Eigentlich nicht. Das ist alles, was ich weiß. Und bitte, Tim halt mich raus. Mir ist das alles ganz unheimlich. Ich habe schon überlegt, ob ich meine Eltern bitten soll, mich von der Schule zu nehmen."

„Vergiß es!" lachte Tim und wandte sich zum Gehen. „Zados Tage sind gezählt. Tage? Was sage ich! Stunden! Und darauf kannst du dich verlassen. Denn diesem Zado werde ich mir sehr bald vorknüpfen."

6. Goldene Haarspitzen

Mit seiner Büchermappe unterm Arm sockte Tim zum Klassenraum 9 b.

Dort war die Luft säuerlich. Wie immer, wenn ein Teil der Schüler verbissen paukt und der andere selig pennt. Das Summen laut gedachter Vokabeln und geschichtlicher Daten schwebte über den Köpfen.

Dr. Genschhöfer führte Aufsicht. Das heißt, er döste hinter einer ausgebreiteten Zeitung.

Tim sparte sich die Entschuldigung fürs Zuspätkommen. Der Punk-Pauker ahnte ja nicht, daß die Gesprächsrunde beim Direx längst beendet war.

Klößchen stierte in ein Bio-Buch und hatte sich die Backen mit Schokolade gefüllt. Er schreckte auf, als Tim sich neben ihn setzte.

„Und?" wisperte er. „Was ist? Hast du Zado erwischt?"

„Fehlanzeige", erwiderte Tim ebenso leise. „Aber die Spur ist noch heißer geworden. Und ich weiß jetzt, wohin sie führt. Der Terror kommt aus der Disko Pulverfaß. Einzelheiten erzähle ich dir nachher."

Genschhöfer hob den Kopf. „Tim! Willi! Ihr sollt arbeiten, nicht schwatzen."

„Es war streng wissenschaftlich", erwiderte Tim. „Wir brauchten jeder einen Denkanstoß."

Genschhöfer tauchte wieder hinter seine Zeitung.

Klößchen glotzte wieder in sein Buch – und zwar, wie schon seit einer halben Stunde, auf die Abbildung eines Coranus subapterus, auf deutsch: Raubwanze. Ihn interessierte dieses sechsbeinige Vieh mit den beiden Fühlern kein bißchen. Ebenso gut hätte er eine andere Seite aufschlagen können. Aber als Vorlage zum Pennen war die Wanze mindestens so gut wie der Nachtschmetterling oder die gebänderte Prachtlibelle.

Tim hatte das Heft mit der Integral-Rechnung aufgeschlagen, aber sein Gehirn arbeitete an einem anderen Problem.

Nur ganz knapp, dachte er, ist mir Zado entwischt. Zado – oder einer seiner Handlanger aus der Zadoschen Schutzgeld-Mafia. Der Zufall spielt mir den Erpresserbrief zu. Damit fängt alles an. Ich will zugreifen. Werde aber im letzten Moment daran gehindert. Der Zwischenfall tritt ein. Das Kommando zum Direx. Zufall? Möglicherweise. Aber erstmal verneine ich das. Kein Zufall. Das würde bedeuten: Ich werde absichtlich weggeholt, damit mir Zado – oder sein Handlanger – entgeht. Absichtlich? Der Direx läßt mich rufen. Und der – darauf wette ich meinen Hintern – gehört bestimmt nicht zur Schutzgeld-Mafia. Außerdem handelt Dr. Freund ja nur indirekt. Er läßt mich kommen, weil Gert Fährmann mich anschwärzt. Aha! Aha! Ein großer Grund, daß ich mich mal mit diesem ätzenden Mistkerl beschäftige. Seit neun Tagen weiß er, daß ich gegen Mitternacht unerlaubt in der Stadt war. Seit neun Tagen! Aber ausgerechnet vorhin latscht er zum Direx. Gerade rechtzeitig, damit man mich vor 16 Uhr an den Kanthaken nimmt. Das könnte heißen: Fährmann hätte meinen nächtlichen Ausflug gar nicht zur Kenntnis genommen, wäre nicht heute Gefahr im Verzug gewesen – durch mich. Fährmann weiß also, daß ich Zado an den Kragen will – und stellt mich kalt auf elegante Weise. Toller Gedanke! Aber ist er auch richtig? Oder denke ich so, weil ich's gern so hätte? Denn woher soll Fährmann wissen, daß ich um 16 Uhr – spätestens – im Mauseloch antanzen will. Er müßte gesehen haben, wie ich den Zettel aufhebe.

Erinnerung, komm raus! Wie war die Situation heute mittag
– im Flur?

Tim schloß die Augen, um das Bild hervorzuholen.

„Tim! Willi!" ließ sich Genschhöfer vernehmen. „Ihr sollt nicht reden."

„Wir haben kein Wort gesagt", antwortete der TKKG-Häuptling.

„Irgendwo wird getuschelt."

Mann! dachte Tim. Am besten, du pennst ein bißchen, Genschhöfer! Träum von Miß Fiffi, deiner Rock-Braut!

Klößchen schob sich Schokolade zwischen die Zähne und sah auf die Uhr.

„Noch verdammt lange bis zum Abendessen", zischelte er. „Eigentlich müßte ich mal umblättern. Diese Raubwanze verdirbt mir den Appetit. Aber ich bin vor Müdigkeit ganz schlapp in den Armen."

„Faultier!"

Jetzt hatte Tim die Flur-Situation vor seinem inneren Auge: Lurch an der Treppe. Dr. Genschhöfer, der aus dem Lehrerzimmer kommt. Odemar Nüpp steht vor der Telefonzelle Besenkammer und kratzt sich am Knie. Achim Kläschbach – ein Interner aus der 12 a – nähert sich vom Speisesaal her. Hinter ihm schlappt eine Küchenhelferin, und da kommt auch die neue Mathe-Lehrerin Dr. Annemarie Räsenhupf, die 32 Jahre jung und so hübsch ist, daß die Abiturienten ihr manchmal nachpfeifen.

Das war der Aufmarsch, überlegte Tim. So und so und so standen die Leute. Jeder von ihnen hat gesehen, daß ich den Zettel nahm. Lurch lief die Treppe hoch. Ich hinterher. Und jeder glaubte wohl, daß ich ihm den Zettel bringe. Ist einer von ihnen Zado? Oder Zados Komplice? Wer hält Verbindung zu Gert Fährmann?

45

Kläschbach!

Tim mußte rasch die Lippen aufeinander pressen, um den Namen nicht auszusprechen.

Achim Kläschbach!

Die beiden waren miteinander befreundet: Kläschbach, der Internatsschüler, und Fährmann, der Externe. Kläschbach wohnte drüben im Gelben Haus. Tim mochte ihn nicht. Kläschbach war groß und dick, trug einen Kurzhaar-Schnitt und eine Hornbrille mit dicken Gläsern. Kläschbach wirkte wie 30, war aber erst 19. Er lachte selten, spielte recht gut Tischtennis und hatte immer eine Tüte Gummibärchen in der Tasche.

Phantastisch! dachte Tim. Jetzt kenne ich schon vier aus der Schutzgeld-Mafia. Aber die Beweise fehlen. Fährmann darf nicht mißtrauisch werden. Deshalb verhalte ich mich so, wie ich's täte, wenn Fährmann nichts weiter wäre als Schulsprecher-Vize. Ich stelle ihn zur Rede! Wegen der Sache beim Direx. Logo! Ich rücke dem Stinktier auf die Pelle. Nachher! Wenn er zu Hause beim Abendessen sitzt und nichts Böses erwartet. Das wird eine Show.

Ginge es nur um den Pony, hätte Gaby es selbst erledigt. Tims Freundin hatte Übung, was das betraf. Mit der Papierschere konnte Gaby sich den goldblonden Pony, der ihr meistens tief in die Augen hing, hervorragend kürzen – so sie wollte. Doch diesmal sollten sämtliche Haarspitzen gekürzt werden. Um etwa einen Zentimeter, höchstens. Und diese verantwortungsvolle Aufgabe überließ man besser einem Friseur.

Es war 17.30 Uhr, als Gaby den Salon PRACHT betrat.

Frau Pracht, die Chefin, wußte gleich Bescheid, denn der Termin war vereinbart.

„Nimm dort schon mal Platz, Gaby", sie deutete auf einen Frisierstuhl in der Ecke. „Aber einen kleinen Moment dauert's noch. Du wolltest ja, daß Carina dich schneidet. Wie immer. Ja, ich weiß. Sie hat das richtige Gespür für Langhaar. Ich hatte nur ganz vergessen, daß Carina heute ihren freien Nachmittag hat. Aber... Keine Sorge! Als Carina hörte, daß du dich angemeldet hast, sagte sie sofort, sie käme vorbei. Ist doch reizend, nicht? Um halb sechs, habe ich ihr gesagt. Jetzt ist es schon... Aber bestimmt wird sie gleich hier sein."

Frau Pracht redete immer wie ein Wasserfall.

Gaby hängte ihre Jacke an einen Garderobenhaken, nahm Platz, schlug eine Illustrierte auf und wartete.

Carina Vadutti, die junge Italienerin, lernte noch, zeigte aber viel Geschick und war nett. Gaby ließ ihre Prachtmähne schon zum dritten Mal bei ihr nachschneiden. Hoffentlich kam sie bald.

Auf der dritten Seite stellte Gaby fest, daß sie das Wochenblatt schon kannte. Sie legte es weg. Ein anderes Journal war nicht zur Hand. Gaby betrachtete sich im Spiegel und dachte an ihre Freunde – vornehmlich an Tim, den sie seit Schulschluß nicht gesehen hatte. Was für gewöhnlich selten vorkommt.

Dann – mit fünf Minuten Verspätung – stürmte Carina herein. Sie war außer Atem, begrüßte Gaby, legte den Mantel ab und machte sich an die Arbeit. Haarwäsche war nicht erforderlich. Das hatte Gaby vorhin schon besorgt. Die Effilierschere klapperte. Seidige Haarspitzen fielen zu Boden.

Im Gegensatz zu Frau Pracht arbeitete Carina schweigend. Ihr hübsches Gesicht mit den dunklen Augen wirkte heute etwas blaß.

Die Prozedur dauerte nicht lange. Dann wurde Gaby der Frisierumhang abgenommen.

„Ausgezeichnet, Carina", lobte sie. „Der Pony hat jetzt die ideale Länge. Ich kann noch dagegen pusten. Aber ich sehe auch genug, wenn ich nicht puste."

Carina lächelte erfreut.

Gaby schlüpfte in ihre Jacke und trat zur Kasse, wo Frau Pracht schon die Rechnungssumme eintippte.

Die Jacke, die Gaby heute trug, war ziemlich lang, blau und wasserabweisend – also nicht ganz regendicht. Immerhin. Von den vier Außentaschen hatten zwei einen Reißverschluß.

Gaby wußte mit Sicherheit, daß sie ihr Portemonnaie in die rechte Reißverschluß-Tasche gesteckt hatte.

Aber die war leer.

Gabys Lächeln erlosch. Sie wurde unruhig. Schmale Hände fuhren in sämtliche vier Taschen.

Schlüsselbund und das Päckchen Papiertücher waren noch da.

„Mein ... Portemonnaie ist weg."

Ihre Stimme zitterte.

Frau Pracht – die immer die modernste Frisur in Rot oder Rotblond trug – hob die dünn rasierten Augenbrauen.

„Hast du's zu Hause vergessen?"

„Nein."

„Macht nichts, Gaby. Du kannst morgen bezahlen."

„Frau Pracht! Es ist weg. Aber verloren ... nein, verloren habe ich's bestimmt nicht. Höchstens hier. Ich hatte es nämlich noch, als ich reinkam. Das weiß ich genau. Ich habe extra danach gefühlt."

„Du meinst, es ist hier bei uns rausgefallen?"

Frau Pracht beugte sich vor und blickte über den Boden.

„Um Gottes willen!" flüsterte Gaby. „Es ... es sind doch

zusätzlich noch 380 Mark drin. Weil ... Ich soll bei der Kfz-Werkstatt Schrauble Papis Rechnung bezahlen. An unserem BMW war irgendwas nicht in Ordnung."

„Wenn du's hier verloren hast", lachte Frau Pracht, „haben wir's gleich. Bei uns kommt nichts weg. Hier gibt's keine Diebe."

Carina kam hinzu – und aus dem Hintergrund Herr Pracht, der die Unruhe bemerkt hatte.

Alle begannen zu suchen. Unter den Frisierstühlen, der Waschanlage, dem Service-Tisch.

„Ein hellbrauner Geldbeutel", erklärte Gaby – und war den Tränen nahe, „etwa so groß."

Sie suchten und suchten.

Vergeblich.

„Bist du sicher, daß du's noch hattest, als du reinkamst?"

In Herrn Prachts Blick stand der Zweifel; und Gaby konnte das dem Figaro nicht übelnehmen. Wahrscheinlich hätte sie das gleiche gedacht.

„Ja, ich habe es ganz deutlich gefühlt."

„Aber es kann sich nicht in Luft auflösen."

Als Gaby den Frisier-Salon verließ, hätte sie am liebsten geheult. Sie ließ Schultern und Ohren hängen. Der tolle Haarschnitt interessierte sie nicht mehr.

Soviel Geld zu verlieren!

Wenn ich eins hasse, dachte sie, dann Unzuverlässigkeit, Schlamperei und – Löcher in den Taschen. Aber meine Taschen sind heil. Wie ist das nur passiert?

„Heh, Gaby! Pst!"

Erstaunt drehte sie sich um.

Karl trat aus einer Ladenpassage. Er schob sein Rad und hatte sich eine Schultertasche umgehängt, in der die Walkie-Talkie-Geräte steckten.

„Hallo, Karl!" lächelte sie ihren TKKG-Freund an. „Kommst du zufällig vorbei?"

„Nicht direkt." Er winkte sie in die Passage. „Ich beschatte. Tim und Willi konnten nicht mitkommen, weil in der Penne was anderes im Busch ist – brandheiß und hochaktuell. Ich weiß nur noch nicht, worum... Heh, Pfote! Ist was? Du wirkst so betröpfelt."

Karl ist feinfühlig, dachte sie. Der merkt immer gleich, wenn ein Zentner-Stiefel meiner Seele auf den Zehen steht.

„Ich habe mein Portemonnaie verloren. Unerklärlicherweise. Eben im Salon Pracht. Mit 380 Mark. Und..." Sie erzählte.

In Karls Windhundgesicht flammten rote Flecken auf. Er riß seine Nickelbrille von der Nase und begann, das Nasen-Fahrrad am Jackenärmel zu polieren. Aber der triefte vor Nässe.

„Gaby!" stieß der Gedächtniskünstler hervor. „Ich habe reingespäht durchs Schaufenster, als du von der langhaarigen Italienerin frisiert wurdest. Die, Gaby! Die ist es, die ich beschatte. Weil sie eine Diebin ist. Eine Taschendiebin. Noch nicht voll ausgebildet, sondern in der Lehre bei einem Meisterdieb, wie es scheint. Bei einem gewissen Ewald. Sie heißt Carina, nicht wahr? Und weißt du, wie wir den beiden auf die Schliche gekommen sind? Das war so..."

Er berichtete von der Lauschaktion im Stadtpark und zeigte die Walkies.

Gabys Augen wurden groß und größer, bis die dunklen Wimpern unter dem gekürzten Pony verschwanden.

„...bin ich also den beiden vom Stadtpark aus gefolgt", haspelte Karl. „Zunächst Pustekuchen! Denn Ewald stieg in seinen Wagen und zischte ab. Ich der Carina nach. Sie spazierte umher, ging schließlich ins Café Nungershot, setzte sich hinter eine Palme und schlürfte drei Espressi. Jedesmal mit Zucker. Beim dritten tanzte Ewald an. Aber wie sieht er aus? Der feine Pinkel hatte sich in einen Penner verwandelt. Die beiden redeten, lachten, trennten sich dann. Ewalds Wagen stand in der Nähe. Wieder war ich abgehängt. Aber der Carina bin ich auf den Fersen geblieben. Bis hierher."

Gaby preßte die Hände an die Schläfen. „Eine ... Diebin?"

„Taschendiebin. Von Kaufhaus-Detektiv Plaschke erwischt. Von ihm und Abteilungsleiter Fengstein schlecht behandelt. Erpreßt, sozusagen. Das scheinen zwei Kanalratten zu sein, um die wir uns auch noch kümmern müssen. Ich vermute sogar, daß Ewald den beiden eins ausgewischt hat. Vielleicht mußte er sich deshalb als Penner verkleiden."

„Aber wenn Carina eine Diebin ist ..."

Gaby stockte.

„... hat sie bestimmt dein Portemonnaie an sich gebracht", nickte Karl.

Gaby schluckte. „Sie ist ... so nett zu mir. Opfert sogar ihren freien Nachmittag."

„Die undurchschaubare Katzenfreundlichkeit der Diebinnen", erklärte Karl mit Menschenkenner-Miene.

„Und jetzt? Ich muß mein Portemonnaie zurückhaben."

Jemand kam aus dem Salon Pracht.

Den Kopf vorgeschoben, spähte Karl um die Mauerkante. „Da ist sie."

Gaby wandte sich um und drehte sich damit aus der Ladenpassage.

Carina Vadutti stand vor dem Frisiergeschäft und blickte suchend nach allen Seiten. In der ausgesteckten Hand hielt sie – Gabys Portemonnaie.

In diesem Moment hatte die angehende Frisöse das TKKG-Mädchen entdeckt.

Ein Strahlen breitete sich über Carinas Gesicht. Sie eilte auf Gaby zu.

„Ich habe es gefunden. Weißt du, wo! Im Schirmständer. Über dem hing vorhin deine Jacke. Das Portemonnaie muß rausgefallen sein und verschwand – plumps – zwischen den Schirmen."

Mir fällt ein Stein vom Herzen, dachte Gaby. Mich hat sie nicht bestohlen.

7. Wer ist Zado?

Fassungslos starrte Otto Fengstein, der hagere Abteilungsleiter, auf sein linkes Handgelenk.

Es war leer.

Lediglich ein heller Streifen auf der Haut verriet, daß der Typ dort für gewöhnlich eine Armbanduhr trug.

Plaschke, über den Verlust seiner Armbanduhr ebenso aus der Fassung geraten, hatte die Halskette aus der Serie Schwarzer Vulkan in seiner Hosentasche gefunden.

Das Modeschmuck-Stück lag jetzt auf Fengsteins Schreibtisch.

Es fehlt nicht viel, und der Detektiv hätte Goldplattierung und Cabochons mit der Faust zertrümmert.

Für eine Minute hörte man nur das Knirschen der Zähne.

Plaschke nahm keine Rücksicht auf seine Goldkronen, und Fengstein hörte erst auf, als ein Backenzahn schmerzte.

„Das wird er büßen, dieser verwanzte Kloaken-Insasse", stieß Plaschke hervor. „Wie war der Name?"

„Karl-Friedrich Duzielsky", erwiderte Fengstein wutbebend, „Kunze-Straße 111."

„Was beim Schlachthof ist", ergrimmte sich Plaschke. „Hoffentlich stimmt die Adresse."

Es klopfte.

„Wenn das einer ist, der mich nervt", flüsterte Fengstein, „bringe ich ihn um. Bitte, halt mich zurück, Hugo. Sonst lasse ich die Sau raus. Mein Innerstes verlangt nach Gewalt."

Plaschke nickte. „Meins auch. Trotzdem – Herein!" Er brüllte, zur Tür gewandt.

Gert Fährmann, der Schulsprecher Vize mit kurzer Oberlippe und widerspenstiger Tolle, schob seine Tanzsport-Gestalt herein. Ein bißchen im Wiegeschritt, aber mit kess-hartem Auftritt der Sohle.

„Komme ja schon. Warum brüllt Plaschkes Hugo so?" fragte er grinsend.

„Dich schickt die Vorsehung", seufzte Fengstein. „Hugo brüllt, weil wir schäumen. Mach die Tür zu, Gert, und setz dich. Einen Cognac?"

Fährmann schüttelte den Kopf. „Habe meine Maschine unten. Daß ich dauernd falsch parke, mag noch angehen. Aber ich will nicht nach Alkohol riechen, wenn ich einen Bullen anhauchen muß."

Er setzte sich in einen der Sessel, legte seinen weißen Schutzhelm auf den Boden und zog einen Lederbeutel unter der Jacke hervor.

„Die heutige Beute."

Er schüttete den Inhalt des Beutels auf den Schreibtisch: zwei Uhren, ein silberner Kugelschreiber, ein handgearbeitetes Outdoor-Messer von höchster Qualität und 30 DM – nämlich ein Zwanziger und ein Zehner.

Fengstein und Plaschke starrten darauf.

„Habe zwei Typen erleichtert", lächelte Gert – und blickte kühl aus fast farblosen Augen. „Hans-Peter Mühlsen, den sie Lurch nennen – ein Angsthase. Typen wie der sind einfach dazu da, daß man sie ausnimmt. Und dann, eben erst, kurz entschlossen, weil mir die Situation günstig erschien, habe ich einem aus der Mittelstufe Schrecken eingejagt – mit einem Briefchen. Reinhold Stallheim – ein rothaariger Bengel aus der Bude Dachjuchhe. Der ist mein Test. Ich wollte wissen, ob's auch mit den größeren Schülern klappt. Hat geklappt. Diese Uhr – eine 500-Mark-Uhr – und das Messer sind von ihm. Das gleiche Messer liegt beim Waffen-Erhardt in der Auslage. Kostet 850 Mark. Ein Käsedolch für die Ewigkeit. Unzerbrechlich. Rostet in 1000 Jahren nicht. Man kann", er lächelte stärker, „sogar damit schneiden."

„Und nur 30 Mark?" murrte Plaschke.

„Bargeld ist knapp bei den Schülern", erwiderte Fährmann.

„Ich glaube, du betrügst uns."

„Was?"

Plaschke nickte. „Du behältst Bargeld für dich."

„Das ist eine gemeine Unterstellung", fauchte Fährmann. „Sind wir Kumpel oder nicht? Alles liefere ich ab. Alles. Und der Gewinn wird aufgeteilt wie vereinbart."

„Ich will's mal glauben", sagte Plaschke. „Aber wenn du in die eigene Tasche arbeitest, ziehen wir dir die Hammelbeine lang."

„Ich bin ehrlich."

Fengstein zog die vier Beutestücke zu sich heran.

„Ist doch nicht schlecht, Hugo", meinte er. „Unser Hehler wird sich freuen."

„Und Zado?" Gert Fährmann ließ sein Lächeln aus dem Gesicht fallen. „Der freut sich hoffentlich auch. Mal ehrlich, Hugo. Ich finde, dein Mangel an Vertrauen kränkt. Dich, Otto", er meinte Fengstein, „betrifft das genauso. Warum gebt ihr nicht endlich zu, daß einer von euch beiden Zado ist? Oder seid ihr's gemeinsam?"

Fengstein verdrehte die Augen himmelwärts, bis man nur noch das Weiße sah.

Hugo Plaschke lachte hohl. „Du mußt uns schon glauben. Keiner von uns ist Zado. Der große Boss hält sich im Hintergrund. Ich kann nur wiederholen, Gert: Auch mir gibt er sich nicht zu erkennen. Und ich bin ja der einzige von uns, der Kontakt zu ihm hat. Zado ruft mich an. Ich treffe ihn. Nachts. Aber er bleibt immer im Dunkeln. Außer Mantel und Hut sehe ich nichts von ihm. Er flüstert auch nur, so daß ich gar nicht weiß, wie seine Stimme bei voller Lautstärke klingt. Wir müssen das hinnehmen. Denn er ist der Boss. Er hat die Ideen. Er hat uns die Tricks beigebracht. Nach seinen Anweisungen läuft alles. Und es läuft großartig. Die Idee, Kaufhaus-Diebe abzukochen, bewährt sich. Die wehren sich nicht – weil sie am kürzeren Hebel sitzen. Und wieviel bei kleinen Internats-Schülern zu holen ist, das wissen wir inzwischen. Allein 50 kostbare Armbanduhren konnten wir abstauben, 39 Kofferradios, wertvolle Schreibgeräte und auch Bargeld. Zado sagte mir, daß er bereits daran denkt, unsere Schutzgeld-Mafia auch auf andere Schulen auszudehnen. Das Mädchen-Gymnasium wäre geeignet. Mädchen ängstigen sich schnell, wenn man ihnen droht, die Haare abzuschneiden – oder was ins Gesicht zu schütten, worunter der Teint leidet. Eine milde Säure, vielleicht. Bodo und Frank könnten auch das übernehmen. Doch das ist Zukunftsmusik. Erstmal haben wir mit der Internatsschule zu tun. Wobei ich übrigens bedaure, daß wir deinen Freund Achim Kläschbach als fünften mit reingenommen haben. Eigentlich brauchten wir den nicht. Aber jetzt ist er eingeweiht und muß seinen Anteil kriegen."

„Und ob wir den brauchen!" rief Gert. „Gerade vorhin hat er verhindert, daß wir auf die Nase fallen. Es hätte nämlich beinahe eine Panne gegeben."

„Wieso?"

„Dieser Hans-Peter Mühlsen hat meinen Zahlungsbefehl verloren. Und ausgerechnet Peter Carsten, den alle Tim nennen, mußte ihn finden. Dieser Typ ist ein Kotzbrocken. Noch ziemlich jung, erst 13, aber nicht zu unterschätzen. Mischt sich in alles ein, hat einen Gerechtigkeits-Wahn und kennt – leider – kein bißchen Angst. Zusammen mit drei Freunden stellt er die TKKG-Bande dar."

„Und?"

„Zum Glück sah Achim Kläschbach, daß Tim den Zettel fand. Denn wie zu erwarten: Tim wollte uns – also Zado – eine Falle stellen, wollte dort lauern, wo die Beute abgeholt wird, und bei dieser Gelegenheit Zado fassen. Dem habe ich entgegengewirkt."

Er erzählte, daß und unter welchem Vorwand er Tim zum Schulleiter bestellt hatte.

„Mann!" rief Plaschke. „Wenn dieser Mistbengel wirklich ein harter Brocken ist, wird er nachbohren. Und den Hans-Peter Mühlsen ausquetschen."

„Ich fürchte, der Kotzbrocken hat das bereits getan. Zwar glaube ich nicht, daß der Lurch plaudert. Der hat viel zuviel Schiß. Trotzdem sind Tim und seine TKKG-Bande eine Bedrohung für unseren Club. Deshalb – und das ist der eigentliche Grund, weshalb ich herkomme – sollten wir vorbauen."

„Auf jeden Fall!" nickte Plaschke.

„Unter allen Umständen", fügte Fengstein hinzu.

„Der Kotztyp muß eingeschüchtert werden", erklärte Gert. „Und zwar nachhaltig. Das gleiche gilt für seine Freunde. Aber vorerst genügt es, wenn er mal begreift, daß er nicht immer der Größte ist."

„Bodo und Frank sollen ihn fertigmachen", sagte Plaschke durch die Zähne, „mit 'nem Gruß von Zado."

Der Schulsprecher-Vize schüttelte den Kopf.

„Bodo und Frank genügen nicht, Peter Carsten ist nämlich Judokünstler und ungeschlagen im Straßenkampf. Mindestens vier harte Typen sind nötig, um den Boy flachzulegen. Also noch zwei vom Format Bodo und Frank. Organisierst du das, Hugo?"

„Ins Pulverfaß kommen genug Schläger, die sich gern 'ne

schnelle Mark verdienen", nickte der Hausdetektiv. „Das wird ein Großauftrag. Wenn die Jungs mit diesem Tim fertig sind, sollen sie sich einen Penner namens Duzielsky vornehmen. Du wirst es nicht glauben, aber der hat uns reingelegt."

„Euch?" fragte Gert verwundert.

8. Am toten Briefkasten

Ende der Arbeitsstunde.

Tim und Klößchen hatten beschlossen, das Abendessen zu schwänzen.

Was freilich nicht hieß, daß Klößchen sich zu einer Hungerkur aufraffte. Im Gegenteil. Als die beiden jetzt das ADLERNEST verließen, füllte Schokolade die Taschen von Klößchens Regenjacke.

Tim hatte eben mit Karl und Gaby telefoniert. Die TKKG-Bande wollte sich am Rindermarkt treffen. Infos mußten ausgetauscht werden, denn seit heute mittag war eine Menge passiert.

Es regnete nicht mehr. Aus Wiesen und Feldern hob sich bleicher Dunst. Die Luft war kühl und der Tag noch weißlicher. Im Fahrrad-Keller, wo die Drahtesel parkten, roch's nach Kuhfladen-Resten, die an den Schutzblechen klebten.

Die Jungs schoben ihre Stahlrosse ins Freie.

Klößchen sagte: „Du weißt hoffentlich, welches Opfer ich bringe, wenn ich aufs Abendessen verzichte. Schließlich ist das in dem sauteuren Schulgeld inbegriffen. Und ich schädige meine lieben Eltern nicht gern, indem ich stehenlasse, was sie bezahlen. Es ist unwirtschaftlich, das Angebot nicht voll auszuschöpfen."

„Dann schöpfe aus vor allem das, was dir geistig geboten wird. Da bist du zurückhaltend."

Klößchen lachte. „Aus Kameradschaft. Ich will meinen Mitschülern nichts weglernen. Wegessen, schon eher."

Sie saßen auf und rollten über feuchten Asphalt zum Tor.

Auf der Wiese *Paukergrün* drüben hatten Pusteblumen

ihre kleinen Fallschirme abgeworfen. Sie bedeckten das Gras als nasse, wattige Schicht.

Niemand kam den Jungs entgegen, als sie durchs Tor radelten. Von der Großstadt in der Ferne war nichts zu sehen – zu dunstig die Luft.

Stattdessen sah Tim den rothaarigen DACHJUCHHE-Bewohner Reinhold Stallheim.

Wissen muß man, daß das riesige Internats-Gelände von mannshoher Mauer umfriedet wird.

Sie ist alt. Hier und da fällt schon mal ein Ziegel- oder Naturstein heraus. Sicherlich – der Hausmeister und sein Handwerker-Team beseitigen die Schäden. Aber nicht immer sofort. Und manches Loch in der Mauer wird erst nach Monaten entdeckt.

Reinhold stand etwa 50 Meter vom Tor entfernt. Ein Holunderstrauch verdeckte ihn etwas.

Doch Tim sah, daß der Junge einen Stein aus der Mauer nahm – einen lockeren, versteht sich – und in die Höhlung spähte.

Offenbar war sie leer.

Reinholds Schultern sackten herab. Seine Haltung drückte aus, daß er sich wie ein gekochtes Spaghetti fühlte: mutlos und schlackerweich.

Tim riß seinen Rennesel nach rechts, preschte über den Trampelpfad an der Mauer und bremste hinter dem Jungen.

„Heh, heh, heh!" rief Klößchen von der Straße her.

Erschrocken drehte Reinhold sich um.

„Toter Briefkasten, wie?" Tim schob die Brauen zusammen und blickte durchdringend.

„Ach, Schei...benhonig!" Reinholds Stimme war ganz zittrig vor Scham und vor Wut. Er hielt den Stein noch in der Hand. Das Loch in der Mauer war tatsächlich leer.

„Ein russischer Spion bist du vermutlich nicht", meinte Tim. „Wozu also den toten Briefkasten? Moment, sag nichts! *Ich* sage es dir. Du wirst erpreßt. Du hast eine Mitteilung erhalten von einem gewissen Zado, der dir die Wahl läßt. Entweder du blechst dafür, daß er sich als Schutzmacht für dich verwendet, oder dir geht's wie etlichen Schülern der Unterstufe: Du wirst grün und blau geschlagen. Stimmt's?"

Reinhold antwortete nicht. Unter seinen Sommersprossen war der Teint so käsig wie ein Camembert im Anschnitt.

Klößchen, der sich allein langweilte, rollerte heran.

„Was ist denn los?"

„Reinhold wird von Zado erpreßt", sagte Tim. Und zu dem DACHJUCHHE-Bewohner: „Wann hast du deine Mitteilung gekriegt?"

Reinhold schluckte. „Als ich von euch zurückkam, lag der Wisch auf meinem Bett."

„Aufgeklebte Druckbuchstaben, aus einer Zeitung ausgeschnitten, wie?"

„Ja."

„Und?"

„Es hieß, entweder ich gebe meine Uhr und mein Outdoor-Messer her sowie 50 Mark – oder ich werde zusammengeschlagen wie Franzi Lauritzen, Fritz Zwetschel, Jens Radtke, Heinz Obskulla und andere. Hierher – in das Mauerloch hinter dem Stein – sollte ich meine Sachen bringen. Dann würde Zado als Schutzmacht dafür sorgen, daß mir niemals was passiert. Außerdem stand noch eine Warnung dabei, niemanden was zu sagen."

„Das Übliche", nickte Tim. „Aber du hast die Sachen nicht bei dir, wie ich sehe. Du weigerst dich also."

„N... eiiiiin."

Tim mißverstand Reinholds ängstlichen Blick. „Du denkst doch nicht etwa, ich wäre Zado? Ich ..."

„Um Himmels willen!" wehrte Reinhold ab. „Niemals würde ich dir das zutrauen. Wie du auf Gerechtigkeit abfährst, weiß doch jeder. Nein, ich meine: Ich habe die Sachen und das Geld schon hergebracht. Eigentlich gleich. Weil... Naja, ich habe Bammel. Deshalb ... Also gleich, noch vor der Arbeitsstunde, war ich hier."

Tim stöhnte. „Hättest du doch uns was gesagt!"

Reinhold schwieg betreten.

„Und jetzt?" fragte Tim. „Wolltest du die Sachen zurückholen? Oder nur nachsehen?"

„Ich wollte den Zehner retten. Den Zehn-Mark-Schein, den ich von Klößchen eingetauscht habe. In meiner Panik vorhin habe ich den Schein leider unter die 50 Mark gemischt. Fünf Zehner waren das. Daß der Schein mit der richtigen Seriennummer dabei ist, habe ich jetzt erst gemerkt. Ich besitze noch einen anderen Zehner und wollte auswechseln. Aber Zado war schon hier. Nun ist es nichts mehr mit der Zehner-Jagd bei der Zeitung."

Tim, dessen Gedächtnis für Zahlen der Gehirnsülze seines Freundes Computer-Karl nicht nachsteht, sagte: „Eine abgegriffene Zehner-Banknote mit der Seriennummer CP 2139639 A, richtig? Und auf der Rückseite hat jemand Tinte über das Segelschiff gekleckst. Der Fleck sieht aus wie ein Kleeblatt."

Reinhold hob die Achseln. „Auswendig weiß ich die Nummer nicht. Das mit dem Fleck stimmt."

„Oh, oh, oh!" ließ Klößchen sich vernehmen. „Da fällt dem Zado noch ein zusätzlicher 90-Mark-Gewinn in den Schoß – und das ist unsere Chance."

„Was meinst du?" fragte Tim.

„Na, die Zeitung veröffentlicht doch jeden Gewinner namentlich. Zado macht vielleicht mit bei der Zehner-Jagd. Und schon haben wir ihn."

Tim verdrehte die Augen. „Eine sehr kleine Chance, würde ich sagen. Daß Zado sich solchermaßen an die Öffentlichkeit wagt, halte ich für unwahrscheinlich."

„Man kann nie wissen. Ab morgen lese ich Zeitung."

„Hast du den Erpresser-Brief noch?" fragte Tim jetzt Reinhold.

Kopfschütteln antwortete. „In die Toilette geworfen und runtergespült."

„Naja. Vergiß, daß du mit uns darüber gesprochen hast. Bei diesem Zado handelt es sich um eine Schutzgeld-Mafia, die hier ganz schön abkassiert. Mindestens ein interner Schüler muß beteiligt sein. Weil nur der nicht auffällt, wenn er in die Buden geht und die Mitteilungen auslegt. Unser Verdacht richtet sich außerdem auf einen Externen. Aber das ist noch nicht spruchreif. Bis später!"

Tim und Klößchen radelten zur Straße zurück.

„Daß wir Kläschbach und Fährmann im Visier haben", meinte Klößchen, „wolltest du nicht sagen, nein? Ist noch zu früh, ja? Und ein Verdacht ist kein Beweis."

„Ganz recht. Aber nachher packen wir den Stier bei den Hörnern. Damit meine ich: Fährmann soll mir Rede und Antwort stehen. Wieso er mich verpetzt mit neuntägiger Verspätung? Und wieso er das Datum fälscht."

„Daß er dich angeblich erst gestern nacht vor dem Pulverfaß gesehen hat, das mußte er sagen. Sonst hätte der Direx gefragt: Wieso Fährmann, haben Sie's nicht gleich gemeldet?"

Tim nickte. „Das ist es ja. Wir wissen, weshalb Fährmann neun Tage braucht, bis er sich entschließt, mich in die Pfanne zu hauen. Weil sich ihm heute damit eine Möglichkeit bot, mich von dem 16-Uhr-Termin im Mauseloch fernzuhalten.

Aber das kann mir dieses Stinktier nicht offenbaren. Deshalb bin ich gespannt auf seine Antwort."

Gaby und Karl warteten am Rindermarkt, wo jetzt – nach Geschäftsschluß – das Gewimmel nachließ. Parkplätze wurden frei. Die letzten Einkäufer eilten heimwärts. Vor den Rotlicht-Ampeln verkürzte sich die Wartezeit.

Tim küßte seine Freundin auf die Wange, bewunderte den gestutzten Pony und fand auch die neue Haarlänge toll.

„Ich sehe keinen Unterschied", meinte Klößchen. „Vorher, Pfote, waren deine Haare hinten 45 Zentimeter lang. Jetzt würde man 44 bis 44½ messen. Vom modernen Stoppelkopf bist du weit entfernt."

„Dir fehlt einfach der Blick für den Pfiff", erwiderte sie. „Und eine Bürstenfrisur würde ich dir empfehlen. Die streckt."

Karl hatte seine Walkies zwischenzeitlich nach Hause gebracht. Er berichtete, was den Dieb Ewald und seine Azubi Carina Vadutti betraf.

Gaby fügte hinzu, keine Mark hätte gefehlt aus ihrem Portemonnaie. „Deshalb sehe ich Carina auch in etwas milderem Licht. Sie ist bestimmt noch zu retten. Wer weiß, womit dieser Ewald sie zum berufsmäßigen Diebstahl verführt hat. Klar! Not ist keine Entschuldigung. Wohin kämen wir sonst. Aber wir sollten das Mädchen nicht gleich anzeigen, sondern erstmal auf sie einwirken."

„Du meinst", sagte Tim, „sie auf den rechten Weg zurückführen, wie es so schön heißt."

Gaby nickte.

„Wir wissen aber nicht", gab er zu bedenken, „wieviel Schaden sie schon angerichtet hat. Grundsätzlich stimme ich dir allerdings zu. Mit einer Einschränkung. Sie muß diesen Ewald preisgeben, muß uns seinen vollen Namen sowie

Adresse nennen. Denn *der* Kerl, Gaby, ist ein Fall für deinen Vater."

Damit wurde dieses Thema erstmal beiseite geschoben.

Tim war an der Reihe, über Zado, Fährmann und Kläschbach zu berichten.

„Gangster-Methoden an unserer Schule!" empörte sich Gaby. „Dem müssen wir einen Riegel vorschieben. Sofort!"

„Ich konnte Fährmann noch nie leiden", sagte Karl. „Als Schulsprecher-Vize ist der Typ eine totale Fehlbesetzung. Aber das hat man ja oft, wenn es um Ämter und Politik geht. Da sind nicht die großen Charaktere an der Spitze, die selbstlosen Menschen mit Moral und Prinzipien, sondern die hinterhältigen. Durchtrieben und gewissenlos muß man sein, um auf dem Gebiet Karriere zu machen."

„Um den Posten des Schulsprechers werde ich mich niemals bewerben", grinste Tim. „Nicht mehr nach deinen Ausführungen, Karl. Aber den Fährmann werden wir jetzt mit dem Rücken an die Wand drücken. Wer kennt die Adresse?"

9. Mutter und mißratener Sohn

Ihm, Gert Fährmann, wäre der Verlust gar nicht aufgefallen. Aber Luzi, seine Mutter, kümmerte sich um alles. Sie vermißte den goldenen Manschettenknopf.

Luzi Fährmann bezog Witwenrente. Damit kam sie aus, zumal das Reihenhaus in der Kalt-Wein-Straße abbezahlt war. Drei Monate vor seinem Tod hatte Vater Fährmann – ein höherer Beamter – die letzte Rate überwiesen.

Luzi war eine Frau von Anfang Fünfzig, hatte eine braunblonde Kräuselfrisur und ihrem Sohn die kurze Oberlippe vererbt. Zur Zeit konnte sich Luzi nur mit einem Krückstock bewegen. Der linke Knöchel war gebrochen. Das Bein steckte bis zum Knie in Gips.

Für die auskömmliche Witwenrente war sie ihrem Mann über den Tod hinaus dankbar. Doch für Luxus waren natürlich keine Mittel vorhanden, und das Taschengeld für Gert fiel nicht gerade üppig aus.

Trotzdem verfügte der 19jährige über eine Reihe von Kostbarkeiten, deren Herkunft Luzi sich nicht erklären konnte. Dazu gehörten auch die Manschettenknöpfe.

Selbstverständlich hatte sie ihren Sohnemann gefragt. Aber seine Antworten waren wie Wasser, das man mit gespreizten Fingern schöpft.

Von Geschenken als Anerkennung, hatte er was gefaselt, als Anerkennung für seine – Gerts – Leistungen als Berater. Berater für geschäftliche Transaktionen – da er, Gert, sich doch so gut auf dem Aktien-Markt auskenne. Es sei der Umgang mit interessanten und wohlhabenden Leuten.

Luzi hatte das Gefühl, daß ihr Sohn log. Aber sie bohrte nicht nach. Sein Benehmen konnte sehr häßlich sein. Trotzdem vergötterte sie ihn, ihren einzigen Sohn. Im stillen hoffte sie, daß er rechtmäßig erworben hatte, was er besaß: die goldenen Manschettenknöpfe, die teure Uhr, die kostspielige Stereo-Anlage, die vielen Goldmünzen und das Geld für das Motorrad, das er sich kürzlich gekauft hatte.

Es war früher Abend. Gert saß im Wohnzimmer vor dem Fernsehapparat. Sie hatten gemeinsam gegessen, und der Sohnemann trank jetzt ein Bier.

„Komisch, daß ich Nicole telefonisch nicht erreichen kann", sagte Luzi.

Nicole Bertram war ihre Freundin, eine alleinstehende Frau.

Sie wohnte in der Nähe.

Gert antwortete nicht.

Luzi blieb vor dem Sessel stehen, war noch unschlüssig, ob sie sich setzen sollte. Der Krimi, den Gert sich ansah, interessierte sie nicht.

„Gert ..."

„Was ist?" Es klang ungehalten, und er nahm den Blick nicht vom Bildschirm.

„Ich habe eben dein blaues Seidenhemd in die Wäsche gegeben. Einer deiner Manschettenknöpfe fehlt."

„Was?"

„Am Hemd war nur noch einer. Am linken Ärmel. Rechts der fehlt. Du hast doch das Hemd vorhin erst ausgezogen. Ist dir nichts aufgefallen?".

Er wandte den Kopf. Immerhin.

„Ich hatte die Ärmel hochgerollt."

Luzi nickte. „Trotzdem ist einer der Manschettenknöpfe weg. Wäre doch ein Jammer. Gold ist wertvoll. Und die schönen Initialen."

G.F. – so waren die Manschettenknöpfe gekennzeichnet.

Es handelte sich um verschnörkelte Buchstaben, die Gerts Wesen entsprachen, wie Luzi meinte.

„Willst du nicht suchen?"

Stöhnend lehnte er sich zurück. „Die Dinger werden sich schon finden. Und wenn nicht? Gestern hatte ich das Hemd an. Heute in der Schule. Und nachmittags bis vorhin. Ich war... Ja, wo war ich denn überall? Ah, weiß schon. Gestern abend im Pulverfaß habe ich mir die Ärmel hochgerollt. Bestimmt habe ich den Manschettenknopf dabei verloren. Ich wollte sowieso noch ins Pulverfaß. Wenn ich Glück habe, ist er dort aufgetaucht."

Luzi ließ sich auf den Sessel nieder. Der Fuß in seinem Gipsverband schmerzte.

Gert stand auf und starrte für einen Moment ins Leere, als sei ihm was eingefallen.

„Gert, könntest du bitte bei Nicole Bertram vorbeischauen. Es liegt doch am Weg. Sie müßte eigentlich zu Hause sein. Aber sie hebt nicht ab. Dabei hatten wir vereinbart, daß ich sie anrufe. Hoffentlich ist sie nicht krank."

„Die und krank?" meinte er verächtlich.

„Klingelst du bei ihr?"

„Du weißt doch, Mutter, daß sie mich nicht leiden kann. Bitte, verschone mich mit Nicole Bertram. Ich fahre jetzt zum Pulverfaß. Bei deinem nächsten Anruf – da wette ich – meldet sie sich."

Wie kann man nur so herzlos sein, dachte Luzi. Aber sie sagte nichts.

Gert Fährmann zog seine Jacke an und verließ das Haus.

☆

Keiner aus der TKKG-Bande wußte, wo Gert Fährmann wohnte. Doch wozu gibt es Telefonbücher!

Die Telefonzelle am Rindermarkt wurde von Karl belegt. Er blätterte und suchte unter F. Es gab mehrere Fährmänner, allerdings keinen Gert. Karl streckte den Kopf aus der Kabine. „Wir haben die Wahl zwischen Harry, Paul und Luzi Fährmann."

„Wahrscheinlich die Luzi", erwiderte Tim. „Fährmann ist Halbwaise. Wie ich. Zum Glück das einzige, was wir gemeinsam haben."

„Kalt-Wein-Straße 73", sagte Karl.

Gaby machte eine Hüftschwung-Bewegung, was Erstaunen ausdrückte. „Dort wohnt auch Carina Vadutti. Doch, das weiß ich genau. Ich habe sie nach ihrer Adresse gefragt."

Tim fing Gabys Blick auf. Als Verständigung genügte das.

„Also gut", nickte er. „Auch das Gespräch mit ihr dürfen wir nicht auf die lange Bank schieben. Könnte ja sein, die halbfertige Frisöse hat heute abend was Großes vor und klaut eine Brieftasche mit 10.000 Mark. Je eher wir Fräulein Langfinger eine Seelenmassage verpassen, umso besser für alle. Aber zeitlich kriegen wir das nicht in die Reihe. Deshalb sollten wir uns teilen. Du, Pfote, nimmst dir Carina vor. Ich rede mit Gert Fährmann. Dich könnte Karl begleiten. Willi kommt mit mir."

Der Vorschlag fand Zustimmung bei allen.

Eine Viertelstunde später erreichten sie die Kalt-Wein-Straße. Sie zog sich durch den Stadtteil Ihlsenheim, wo hauptsächlich Wohnblöcke und Reihenhäuser stehen.

Die diebische Italienerin wohnte in Nr. 49, einem Menschensilo mit zwei Eingängen. Am Bordsteinrand parkten ältliche Fahrzeuge.

In einem der Hauseingänge standen drei Mädchen.

Tim erkannte Carina, die er im Stadtpark gesehen hatte – obschon nur von weitem. Sie trug jetzt Jeans und einen gelben Pullover, sah Gaby und machte ein freudig-überraschtes Gesicht.

„Also bis nachher", meinte Tims Freundin und stieg vom Klapprad. Karl blieb an ihrer Seite.

Tim und Klößchen radelten weiter.

„Ja, Carina, zu dir wollte ich", hörte Tim Gabys Stimme. „Könnten wir dich mal allein sprechen?"

Mehr war nicht zu verstehen.

Klößchen rückte zu Tim auf. „Was machen wir, wenn Bodo und Frank – die Schläger – und auch Kläschbach jetzt bei Fährmann sind. Wir wären hoffnungslos in der Minderheit."

„Na und? Da ist es schon. Numero 73, dort das Reihenhaus."

Ist etwa 20 Jahre alt, schätzte Tim. Billige Bauweise. Der Verputz bröckelt. Immerhin ist das Dach neu gedeckt. Willis Befürchtung scheint nicht zuzutreffen. Kläschbachs Leicht-Motorrad sehe ich jedenfalls nicht. Und die Schläger Bodo und Frank wären wohl auch nicht zu Fuß gekommen.

Tim wollte sein Rennrad gerade mit dem Kabelschloß sichern, als die Haustür geöffnet wurde.

Eine Frau trat – nein, stolperte ins Freie, kam offensichtlich nicht zurecht mit ihrem Gehgips – trotz Krückstocks –, rutschte aus und verlor in diesem Moment gänzlich den Halt.

Gert Fährmanns Mutter stürzte.

Daß es sich um Luzi Fährmann handeln mußte, daran zweifelte Tim nicht. Zu augenscheinlich war die Ähnlichkeit.

Tim schnellte los – zu einem Sprung, um den ihn ein Panther beneidet hätte. Freilich hatte Tim nicht die Absicht, sich auf Beute zu stürzen, wie der Panther, sondern er sprang, um zu helfen.

Luzi Fährmann fiel langsam und ruderte wild mit den Armen.

Tim schaffte es. Im allerletzten Sekundenbruchteil fing er sie auf.

Luzi Fährmann schrie erst jetzt voller Schreck, während der Stock zu Boden polterte.

Tim stemmte die Frau senkrecht, was Kraft erforderte, denn Luzi war fast so groß wie ihr Sohn und gut im Futter. Endlich stand sie, wackelte noch, fand aber ihr Gleichgewicht auf dem gesunden Fuß.

„Stützen Sie sich auf meinem Arm", rief Tim. Über die Schulter rief er: „Willi, heb mal den Stock auf."

Die Frau war bleich vor Schreck. Sie mußte verpusten.

„Danke! Das ist nett. Ohne dein Eingreifen ... Vielleicht hätte ich mir auch noch die Hand gebrochen. Dieser blöde Gips! Erst war ein Gummipfropf drunter. Aber den habe ich verloren. Jetzt rutsche ich so leicht."

„Seien Sie bloß vorsichtig", meinte Klößchen und reichte ihr den Stock. „Die Knochen sind schnell gebrochen. Und man weiß ja nie, ob alles wieder richtig zusammenwächst."

„Sind Sie Frau Fährmann?" fragte Tim – nach einem mahnenden Blick auf Klößchen. „Ich bin Peter Carsten. Das ist Willi Sauerlich. Wir wollen zu Gert."

Die Frau atmete schwer und lehnte sich an die Wand. „Zu Gert? Mein Sohn ist nicht da."

Tod und Rübenkraut! dachte Tim. Auch das noch! Wieso ist das Stinktier außerhäusig und nicht in seiner Höhle vor der Glotze?

„Zu ärgerlich, Frau Fährmann! Wir müßten das Stink ... Ihren Sohn unbedingt sprechen."

„Wann kehrt er denn heim?" fragte Klößchen gekünstelt und in vornehmem Ton.

„Das weiß ich leider nicht. Bei Gert weiß man das nie." Sie seufzte.

Als sie sich auf den Stock stützte, geriet wieder die ganze Figur ins Wackeln.

Unsportlich! dachte Tim. Keine Körperlichkeit. Solche Leute verunfallen viel öfter und schwerer als sportive Personen.

„Dürfen wir Sie ins Haus bringen, Frau Fährmann? Sie wirken etwas unsicher.".

„Ach, bitte, das wäre nett", nickte sie. „Ich habe mich schrecklich aufgeregt. Vielleicht kommt es daher. Aber man macht sich ja Sorgen um die einzige Freundin, nicht wahr? Deshalb wollte ich jetzt unbedingt zu ihr."

„Ist sie krank?" fragte Tim.

10. Gefesselt im Schrank

Es wurde ein Gespräch unter Mädchen.

Gaby hatte gleich das Gefühl, es sei nicht gut, wenn Karl als Zeuge dabei stand. Also durfte er auf der Straße beim Hauseingang warten, während Carina und Gaby durch den Parterreflur auf den Hof gingen.

Die junge Italienerin wirkte beunruhigt. Gabys Miene drückte aus, daß was Ernstes anlag, und Carinas Gewissen hatte eine sehr dünne Haut.

„Auf dem Hof können wir reden. Da sind wir ungestört", hatte die Azubi-Frisöse gesagt; und jetzt standen sie zwischen Mülltonnen, aus denen es abfall-artig stank.

„Um es vorwegzunehmen, Carina", begann Gaby, „wir – das heißt, meine Freunde und ich – wissen, was du treibst. Daß du von einem gewissen Ewald zur Diebin ausgebildet wirst. Als ich davon hörte, konnte ich's kaum glauben. Aber die Beweise sind unumstößlich. Ich bin jetzt hier, um mit dir darüber zu reden. Ich möchte verhindern, daß du im Gefängnis landest. Du mußt umkehren. Du bist auf dem falschen Weg."

Carina hatte sich verfärbt – mit immer größeren Augen. Jetzt begann sie zu weinen. Sie senkte den Kopf. Die langen Haare rutschten nach vorn. Tränen liefen über das Gesicht wie Regentropfen über eine Scheibe – wenn die Wolken alle Schleusen öffnen.

Sie ist ja völlig fertig, dachte Gaby. Hat das getroffen! Sie ist nicht entsetzt wegen der Entdeckung. Sondern Scham bewirkt diesen Gefühlsausbruch. Da merke ich doch sofort: Hier ist noch nichts verloren.

„Es ist wahr", schluchzte die junge Italienerin. „Aber

glaub' mir, ich tue es nicht gern. Irgendwie bin ich da reingeraten."

„Wie heißt Ewald mit Nachnamen?"

„Meisner. Eigentlich ... ist er recht nett zu mir. Aber damals ... Ohne ihn, weißt du, wäre es nie soweit gekommen. Ich will ja nicht ihm alle Schuld geben. Natürlich habe ich zugestimmt. Doch von ihm wurde ich gedrängt."

„Erzähl mal!"

Mit ihrem Taschentuch trocknete Carina die Tränen.

„Es war vor einem Jahr. Ich habe damals im Kaufhaus einen Lippenstift geklaut. Weil ... Mir fehlte das Geld dafür. Und ich wollte ihn haben. Es klappte. Ich war schon fast draußen, als mich plötzlich ein Mann am Arm nahm. Ich hatte furchtbare Angst, dachte nämlich, ich wäre von einem Angestellten entdeckt worden. Aber Ewald Meisner lächelte ganz freundlich. Ich wäre eine talentierte Diebin, wie er beobachtet hätte, doch es gäbe da ganz tolle Tricks, die man lernen könne. Ob ich Interesse hätte, mich als Diebin ausbilden zu lassen. Weißt du, Gaby, er hat es nicht ausgesprochen. Aber ich hatte das Gefühl, er würde mich zur Polizei schleppen, wenn ich mich weigerte. Also sagte ich zu, und das war der Anfang unserer Bekanntschaft. Wir haben uns dann zwei- bis dreimal im Monat getroffen, und er zeigte mir seine Tricks. Hin und wieder – aber nicht oft, das schwöre ich dir – mußte ich in Geschäften und Kaufhäusern die Praxis erproben. Wertvolle Dinge habe ich noch nie gestohlen. Ehrlich! Mich hat die Sache immer mehr belastet. Anfangs war's Spielerei, dann plötzlich bitterer Ernst. Das sagte ich Ewald – und, daß ich aufhören möchte. Da ist er das erste Mal böse geworden. Das ginge nicht, hat er mich angeschrien. Ich würde schon zu tief drinstecken. Außerdem hätte er Großes mit mir vor. Er wolle später mit mir in der Welt herumreisen und mich nach seinen Plänen einsetzen. Davor, Gaby, habe ich schreckliche Angst."

„Das ist vorbei. Meisner wird ins Gefängnis wandern; und du bist für immer seinem Einfluß entzogen. Wo wohnt der Kerl?"

„Du willst alles deinem Vater sagen?"

„Selbstverständlich, Carina. Meisner ist ein Verbrecher."

„Aber ich weiß seine Adresse nicht."

„Carina!"

„Gaby, ich schwöre. Immer wenn er mich treffen will, ruft er an im Salon Pracht. Dort denken sie, er wäre mein Freund. Gesehen haben sie ihn noch nie. Und am Telefon klingt seine Stimme ziemlich jung. Daß dem nicht so ist, bekümmert ihn sehr. Er möchte jünger sein, als er ist. Vielleicht bin ich deshalb so wertvoll für ihn. Er drängt sich zum Umgang mit der Jugend. Wie heute. Weil ich ihm vorgeschwärmt habe, wie gern ich in Diskos gehe, will er sich nachher mit mir im Pulverfaß treffen. Er war noch nie dort. Aber es interessiert ihn."

„Wann nachher?"

„Das Pulverfaß macht schon um vier Uhr nachmittags auf. Ich habe gesagt, daß ich um sieben Uhr hingehe."

☆

Luzi Fährmann war dankbar für die Fürsorge der Jungs.

Tim stützte auf einer Seite, Klößchen auf der andern, Luzi humpelte in der Mitte – und so gelangten sie durch die Diele in den Wohnraum.

„Krank? Ich will nicht hoffen, daß meine Freundin krank ist", erwiderte Luzi auf Tims Frage. „Aber sie geht nicht ans Telefon. Obwohl sie zu Hause sein müßte. Sie weiß, daß ich anrufen will."

Vielleicht ist sie spazieren, dachte Tim. Uns interessiert nur Ihr verdammter Bengel, liebe Frau Fährmann.

Gerade wollte er fragen, als Luzi, die jetzt in einem bequemen Sessel saß, ein erfreutes Lächeln anknipste.

„Peter, Willi! Ihr beiden seid so hilfsbereit. Wäre es zuviel verlangt, wenn ihr nach Nicole schaut?"

„Nach Ihrer Freundin?" vergewisserte sich Tim, ohne einen Purzelbaum zu schlagen vor Begeisterung.

„Nicole Bertram", nickte Luzi eifrig. „Sie wohnt gleich um die Ecke. Die zweite Querstraße rechts. Pfingst-Weg eins, die Parterre-Wohnung nach hinten raus. Vor der Terrasse stehen die Büsche wie ein Urwald. Ich sage immer, Nicole, die nehmen dir doch das ganze Tageslicht weg. Aber sie hat es gern lauschig. Ja, ihr seht nach? Es würde mich sehr beruhigen."

„Selbstverständlich", nickte Tim und dachte: Es kommt ungelegen. Doch vielleicht braucht die lauschige Dame tatsächlich Hilfe. Die zu leisten, ist unsere allererste und vornehmste Pflicht.

„Wir radeln mal vorbei", meinte er. „Aber was ich noch fragen wollte: Hat Ihr Sohn gesagt, wo er hingeht?"

„Er ist zum Pulverfaß gefahren", antwortete Luzi. „In diese Disko. Er will dort nach seinem goldenen Manschettenknopf suchen. Ein ganz wertvoller mit Gerts Initialen. Wahrscheinlich ging er dort gestern abend verloren."

„Seine Manschettenknöpfe kennen wir", sagte Klößchen. „Die hat schon die halbe Schule bewundert. Ich nehme an, die braucht er, wenn er Tango und Mambo tanzt. Und Walzer. Ja?"

Luzi lächelte. „Beim Tanzsport trägt er sie auch. Aber ich glaube nicht, daß er sie dafür gekauft hat."

„Selbst gekauft?" fragte Tim mit Unschuldsmiene. „Kein Geschenk von Ihnen?"

„Nein", Luzi zögerte. „Solche Sachen kauft Gert sich selbst."

„Dann bis gleich", meinte Tim, und die Jungs verließen das Haus.

Der Abendhimmel war dunstig. Ein Jumbo, der vom Flughafen gestartet war, stieg westwärts ins Wolkenmeer und blinzelte mit seinen Lichtern.

„Man fragt sich", sagte Tim, „woher das Stinktier die Knete hat, um sich ‚solche Sachen', wie die Mama sagt, zu beschaffen. Los, Willi, zum Pfingst-Weg, damit wir das hinter uns bringen."

„Und dann zum Pulverfaß?"

„Meinst du nicht auch, daß wir geradezu verpflichtet sind, die heißeste Disko von innen zu kennen?"

„Gibt's dort Schoko oder wenigstens Kakao?"

„Da habe ich meine Zweifel."

Der Pfingst-Weg war noch näher, als erhofft, Nr. 1 ein mehrstöckiges Haus mit zehn oder zwölf Wohnungen. Auf einer Seite blühte ein Ziergarten, der sich aber erst auf der Rückseite zu voller Pracht entfaltete.

Am Hauseingang drückte Tim auf Nicole Bertrams Klingel – etwa eine halbe Minute lang und vergebens.

„Bevor wir woanders klingeln und uns lächerlich machen", sagte Tim, „socken wir mal zur Terrasse. Vielleicht sehen wir durch die Scheibe, daß Frau Bertram nicht zu Hause ist."

„Oder sie ist zu Hause und will ihre Ruhe haben."

Sie umrundeten das Haus.

Es gab drei Terrassen auf der Rückseite, aber nur eine versteckte sich hinter dichten Büschen. Die Fenster der dazugehörigen Wohnung hatten dichte Gardinen. Man konnte nicht hineinsehen.

Tim zwängte sich durch die übermannshohen Büsche, Klößchen folgte.

Auf der Terrasse standen weiße Gartenmöbel.

Tim hielt den Atem an.

Die Tür war aufgebrochen. Glassplitter bedeckten den Boden. Ein Stück Vorhang klemmte im Türrahmen.

„Au Backe!" flüsterte Klößchen. „Das sieht nach Einbruch aus."

„Die Scheibe eingeschlagen", nickte Tim. „Innen den Riegel gelöst, und schon war der Einbrecher drin. Was Frau Bertram betrifft, müssen wir das Schlimmste befürchten."

Klößchen war kreideweiß. Auch Tim schlug das Herz bis zum Hals. Würden sie auf eine – Tote stoßen?

Der Einbruch lag sicherlich einige Stunden zurück. Und der Täter war längst über alle Berge.

Trotzdem – Tim war vorsichtig, als er in das Terrassenzimmer trat. Klößchen verharrte einen Moment auf der Schwelle, bevor er hereinkam.

Hübsche Möbel, dachte Tim. Schränke und Schubläden waren aufgerissen. Der Einbrecher hatte alles durchwühlt.

„Mann!" staunte Klößchen. „Gegen diesen Saustall ist mein Internatsschrank ein Musterbeispiel für Ordnung."

„Kunststück!"

Tim sah in die Küche und ins Bad, warf auch einen Blick ins Schlafzimmer. Überall dasselbe Chaos. Von Nicole Bertram keine Spur.

Tim wollte die Schlafzimmertür schließen, als er das dumpfe Pochen hörte. Es kam aus dem Kleiderschrank.

Die Frau saß auf dem Boden – auf und zwischen Schuhen. Ein bleiches, angstvolles Gesicht wurde umrahmt von Kleidungsstücken, die auf Bügeln hingen: einem geblümten

Kleid und einem braunen Kostüm mit hellen Punkten. Nicole Bertram war geknebelt. Mit je einem Leinengürtel hatte ihr der Täter Hände und Füße zusammengeschnürt.

Tim befreite die Frau, indem er sie erstmal aus dem Schrank zog und auf das Doppelbett setzte. Sie war klein, schlank und Mitte Vierzig, hatte einen modischen Kurzhaarschnitt, der braun und hellblond gefärbt war, und große blaue Augen voller Angst.

„Wir sind Ihre Retter, Frau Bertram", erklärte Tim, „und kommen von Frau Fährmann. So – weg mit Fesseln und Knebel. Sind sie verletzt, oder ist es nur der Schock?"

Klößchen zeigte sich kolossal umsichtig, holte nämlich ein Glas Wasser aus der Küche, und Nicole Bertram trank, als gäbe es nichts Besseres.

„Es... war ein Einbrecher", keuchte sie. „Ihr... müßt die Polizei rufen. Seit Stunden... ja, seit Stunden bin ich eingesperrt in dem Schrank!"

„Haben Sie den Typ gesehen?" fragte Tim.

Sie schüttelte den Kopf. „Nein. Es war gegen halb drei. Wegen des Regens kam ich früher nach Hause. Sonst gehe ich immer von zwei bis vier spazieren. Immer. Aber heute... Ich hatte nasse Füße und bin sowieso etwas erkältet. Der Einbrecher war schon da. Er lauerte hinter der Tür. Von hinten hat er mich gepackt – und mir ein Kissen aufs Gesicht gedrückt. Ich konnte nicht schreien. Ich bekam keine Luft. Jetzt muß ich sterben, dachte ich. Ich wurde bewußtlos. Als ich aufwachte, saß ich im Schrank. Der Verbrecher war noch da. Ich hörte ihn rumoren. Dann wurde alles still. Es...", ihre Stimme zitterte, „war schrecklich. Mehrmals klingelte das Telefon. Dann hörte ich euch."

„Er hat Ihre ganze Wohnung durchwühlt", sagte Tim. „War das lohnend?"

„Ich besitze viel Schmuck. Außerdem sind 1500 Mark in meinem Schreibsekretär."

Sie sahen nach. Alles war verschwunden.

Tim griff zum Telefon und rief Kommissar Glockner an.

11. Klößchens aufmerksamer Scharfblick

Gaby und Karl warteten vor dem Fährmannschen Reihenhaus, als Tim und Klößchen antanzten. Nur bis zum Eintreffen der Polizei waren die beiden ADLERNEST-Bewohner bei Nicole Bertram geblieben – einerseits, weil die sich noch immer fürchtete, zum andern, um Kommissar Glockner, Gabys Vater, zu begrüßen. Doch der kam gar nicht. Wie sein Kollege Wendtland erklärte, sei er momentan im Präsidium unabkömmlich.

„Ganz nett was los heute", meinte Karl, nachdem Tim berichtet hatte. „Gaby ist mit Carina gut klargekommen. Der gefallene Engel fliegt wieder."

Gaby erzählte, und Tim schnalzte mit der Zunge, als er hörte, daß der Berufsdieb Ewald Meisner nachher – aber vermutlich nicht vor 19 Uhr – im PULVERFASS auftauchen werde.

„Dann sind wir ja dort alle beisammen. Wir, der Berufsdieb, Gert Fährmann und sicherlich auch die berüchtigten Schläger Bodo und Frank. Wie hat Carina sich entschieden?"

„Tapfer", sagte Gaby. „Sie kommt. Allerdings etwas später, weil sie noch ein bißchen neben sich steht und ihr inneres Ich erstmal wieder einkriegen muß. Falls ihr versteht, was ich meine, nämlich das seelische Gleichgewicht. Sie wird also kommen, um Meisner zu sagen, daß sie die verbrecherische Grundausbildung abbricht. Carina will das bereinigen und nicht klammheimlich abtauchen."

„Spricht für ihren Charakter", nickte Tim. „Übrigens hat Willi eben in der Bertramschen Wohnung wahre Luchsaugen gehabt, nämlich den absolut aufmerksamen Scharfblick. Willi, zeig mal, was du gefunden hast."

Klößchen griff grinsend in die Tasche und wies es vor.

„Aha!" rief Karl.

„Sieht aus wie ein goldener Manschettenknopf", meinte Gaby.

„Mit den Initialen GF", nickte Tim. „Und von Frau Fährmann wissen wir, daß ihr Sohnemann einen seiner Manschettenknöpfe vermißt, aber glaubt, ihn im Pulverfaß verloren zu haben. Nun werden wir die Gipsbein-Mutti mal fragen, ob Gertchen jeden Mittag der Bertram die Zeitung hinüberbringt oder ein Schüsselchen warmer Suppe, die Luzi für die Freundin gleich mitkocht. Falls er das nicht tut, könnte man auf die Idee stoßen, daß unser Stinktier recht gut wußte, wann die Bertram ihren täglichen Spaziergang macht. Nämlich von zwei bis vier. Das könnte zum Einbruch verleiten, zumal die Beute sich lohnt."

„Das reißt mir die Schuhriemen auf!" rief Karl. „Der totale Profi. Und sowas will demnächst Abitur machen."

„Vielleicht macht er's im Knast", meinte Tim. „Auch dort gibt es Möglichkeiten, den Horizont zu erweitern."

Er klingelte, und nach einiger Zeit kam Luzi Fährmann zur Tür.

Tim berichtete, nachdem er Gaby und Karl vorgestellt hatte. Die Frau erschrak fürchterlich und wollte gleich ans Telefon, um mit ihrer Freundin zu sprechen.

„Bitte, noch einen Moment!" verlangte Tim. „Sie sagten vorhin, Gert vermisse einen Manschettenknopf. Wäre es möglich, daß der irgendwo bei uns in der Schule liegt? Oder ist die Disko als Fundort gewiß."

Luzi hob die Achseln. „So genau weiß ich das nicht."

„Frau Bertram meinte, Gert könnte den Knopf auch bei ihr verloren haben. Nicht wahr?"

„Bei Nicole?" Luzi vergaß, den Mund zu schließen. „Um

Himmels willen! Ist sie so durcheinander? Die beiden sind doch spinnefeind. Leider. Gert versteht sich nicht mit meiner einzigen Freundin. Er bildet sich ein, sie möge ihn nicht. Was nicht zutrifft. Aber inzwischen hat auch Nicole von seiner schroffen Art genug. Nein, dort in der Wohnung war Gert seit... Du meine Güte, seit zwei Jahren nicht mehr."

Tim sah der Frau ins Gesicht. Sie tat ihm leid. Heute kam noch viel Kummer auf sie zu. Ihr Sohn, den sie großgezogen hatte, entpuppte sich als das letzte Stinktier.

„Rufen Sie Frau Bertram an", unterstützte Tim ihre Absicht. „Es ist immer gut, wenn man in schweren Zeiten einen Freund oder eine Freundin hat. Sehen Sie uns an! Was auf uns manchmal reinbricht! Aber zu viert schaffen wir's immer."

Achim Kläschbach, der Internats-Schüler, parkte seine Leichtmaschine vor dem PULVERFASS, nahm den Helm ab, rückte die Hornbrille mit den dicken Gläsern zurecht und schlurfte zum Eingang.

In einer Hosentasche fand der 19jährige Gummibärchen. Die schob er sich in den Mund: drei rote, zwei gelbe und ein grünes. Eigentlich sollte er, Achim, das nicht tun, wie er wußte. Er hatte mal ausgerechnet, daß er pro Tag mindestens 150 vertilgte. Vielleicht war er deshalb so schwammig und fett. Weil er außerdem 191 Zentimeter maß – in der Länge –, wirkte er auf Mädchen wie ein Ungetüm. Die Jungs aus der Unter- und Mittelstufe nannten ihn ‚Ochse'. Dafür rächte er sich, indem er seinem Freund Gert Fährmann dabei half, die Mitschüler abzukochen.

Zum PULVERFASS führten 23 Stufen hinunter: eine

breite Steintreppe. Ihr zur Seite, an den Wänden also, hingen Filmplakate. Aus dem größten Keller der Stadt – wie sich das PULVERFASS rühmte – ertönte fetzige Musik.

Kläschbach platschte auf dicken Gummmisohlen von Stufe zu Stufe, ging an den Toiletten vorbei und schritt über die Schwelle.

Die Disko war schon halb voll. Aber die Musik übertönte das Gesumm der Stimmen. Die Lichtorgel zuckte ihre bunten Blitze. Über der Bar hinten dämmerte indirekte Beleuchtung – gerade genug, um Geldscheine zu erkennen. Insgesamt war es verdammt dunkel. Deshalb – und wegen der Weitläufigkeit des Kellers mit seinen Winkeln, Säulen und Nischen – war es aussichtslos, hier nach jemandem zu suchen. Wer zufällig auf Bekannte stieß, hatte Glück. Ansonsten verlief man sich.

Für Kläschbach bestand diese Gefahr nicht. In Nische 4 – dicht beim hinteren Ausgang, der auf den Hof führte – war ein Stammtisch reserviert. Bodo Dreyer, der Diskjockey, und Frank Zeschel, der Bar-Helfer, achteten sehr darauf, daß sich an diesem Tisch nicht der ‚Pöbel‘ niederließ, wie sie sich ausdrückten.

Kläschbach drängte sich durch die Menge. Auf der Tanzfläche stand man herum. Niemand bewegte sich rhythmisch. Ausgeflippte Typen waren da. Auch ungepflegte. Weil hier locker 1000 Leute reinpaßten, gab's weder Gesichtskontrolle noch Einlaß-Gebühr.

Als Kläschbach Nische 4 ansteuerte, hellte sich sein Teiggesicht auf. Gert saß dort – vor einem großen Glas Cola, das aber immer zu einem Drittel Cognac enthielt. Ihm, Gert, gegenüber hockten Hugo Plaschke, der Kaufhausdetektiv, und Otto Fengstein, der Abteilungsleiter. Die beiden kamen häufig her, wirkten trotzdem fehl am Platz. Was aber letztlich – wegen des Gewimmels und der Lichtverhältnisse – nicht auffiel. Selbst den Bundeskanzler hätte man hier übersehen oder gar einen o-beinigen Torjäger aus der Bundesliga.

„Hallöchen!" Kläschbach pochte auf den Tisch und ließ sich nieder.

Fährmann nickte. Fengstein wedelte mit der Hand. Plaschke klopfte dem Gummibärchen-Fresser auf die Schulter.

„Das nenne ich geistigen Zusammenhalt", brüllte Fährmann gegen den Lärm der Stereo-Anlage an. „Nichts war verabredet – und trotzdem sind wir alle da."

„Wohin sollte man sonst gehen?" brüllte Kläschbach zurück.

Frank Zeschel brachte die Getränke für Plaschke und Fengstein: Bier und Whisky-Soda.

Der Bar-Helfer war ein vierschrötiger Typ mit schenkeldicken Armen. Er hatte kalte, schwarze Augen. Daß er sich die Haare gefärbt hatte, nämlich hellblond, merkte jeder.

„Ein Bier, Frank", bestellte Kläschbach. „Übrigens habe ich das Foto mit."

Kläschbach fotografierte gern. Er hatte mehrere Kameras – auch eine ganz kleine, die er ständig bei sich trug. Mit der gelangen ihm gelegentlich Schnappschüsse, die Seltenheitswert hatten.

„Ah, ja", meinte Zeschel. „Laß sehen."

Kläschbach holte ein Foto aus der Brusttasche, legte es auf den Tisch, und auch die andern äugten jetzt.

Es war ein Farbfoto. Kläschbach hatte es auf dem Hof hinter dem PULVERFASS aufgenommen. Zeschel trug seine blaugestreifte Jacke, den grünen Pulli, mit dem er am liebsten ins Bett gegangen wäre, und eine gelbe Hose. Außerdem schwang Zeschel eine Peitsche.

Das gleiche tat Bodo Dreyer, der Diskjockey. Er war dunkelhaarig und zeigte gern seine großen, weißen Zähne. Auf dem Foto hatte er seine rote Jacke an und einen Pullover in schwarz-weißem Streifenmuster. Auch Bodo Dreyer liebte es farbig. Seine Hose war grün gestreift. Die Peitsche, die er in der linken Faust hielt, schien zu schnalzen.

Das Foto dokumentierte eine brutale Szene. Denn die beiden Schläger waren im Begriff, eine dritte Person zu mißhandeln, einen zwölfjährigen Jungen: den Internats-Schüler Odemar Nüpp.

„Hübsch!" Zeschel grinste. „So richtig fürs Familienalbum. Ich muß dich – auch in Bodos Namen – sehr bitten, Achim, das Foto nicht rumzuzeigen. Immerhin hat der Typ ganz schön was abgekriegt. Zwar nicht mit der Peitsche. Aber reichlich mit den Fäusten."

„Ich schenke es dir", sagte Kläschbach. „Ich habe auch einen Abzug für Bodo."

In diesem Moment beugte Plaschke sich vor. Sein Mund stand offen. Der Detektiv starrte in das Gewimmel.

„Otto!" keuchte er. „Kneif mich mal! Träume ich? Nein! Dort ist er."

„Wer?" Fengstein verzichtete darauf, ihn zu kneifen.

„Der Penner."

„Was? Meinst du Karl-Friedrich Duzielsky?"

„Genau den."

„Wo?"

„Jetzt ist er hinter der Gruppe mit den schrillen Typen. Nein, nicht dort. Dort! Allerdings sieht Duzielsky nicht mehr wie ein Penner aus, sondern geleckt, schick, boutiquemäßig angetört. Aber er ist es. Dasselbe Gesicht!"

„Mann!" meinte Fengstein. „Wo sich doch Bodo und Frank den Typ sowieso vornehmen sollen, handgreiflich.

Paßt ja wie bestellt. Er kommt uns entgegen, der Kerl. Was will man mehr."

„Frank", wandte Plaschke sich an den Bar-Helfer, „ich zeig ihn dir. Bodo muß sich mal für ein paar Minuten freigeben. Er soll ein langes Band laufen lassen. Klar? Ihr schnappt ihn euch. Nehmt ihn in die Mitte. Sanfte Gewalt, klar? So, daß es niemand merkt. Ihr bringt ihn durch den Hinterausgang auf den Hof. Dort warten wir."

Plaschke stand auf. „Er hat uns nicht bemerkt. Jetzt steht er dort an der Säule unter dem Stierkampf-Plakat. Der Typ im hellblauen Blazer."

„Setz dich wieder", sagte Fengstein, „sonst entdeckt er dich noch."

Plaschke sank auf seinen Sitz zurück. Fengstein zog den Kopf ein. Der Abteilungsleiter fühlte sich hier nie so richtig wohl. Er bevorzugte ruhige Weinlokale, kam aber immer mit ins PULVERFASS, weil Plaschke das für richtig hielt.

Gert Fährmann nahm rasch einen Schluck aus seinem Glas. Der Manschettenknopf, den hier niemand gefunden hatte – wieso auch bei dem Getümmel? – bereitete ihm Kopfzerbrechen. Es gab ja noch andere Orte, wo er ihn möglicherweise verloren hatte. Daß es bei Nicole Bertram passiert war, hielt der Schulsprecher-Vize für unwahrscheinlich. Aber nicht für ausgeschlossen. War doch die dumme Pute vorzeitig zurückgekommen, und er hatte hart zupacken müssen, hinterrücks, damit sie ihn nicht erkannte. Leider konnte er's nicht riskieren, dort nochmal aufzutauchen. Zu spät hatte er an diese Möglichkeit gedacht.

Frank Zeschel und Bodo Dreyer tuschelten.

Dann näherten sich beide dem Typ an der Säule.

12. Die Schutzgeld-Mafia

Sie radelten die Toddenkamp-Straße entlang. Beim PULVERFASS brannte die Leuchtreklame, und Tims Blick erfaßte die zahlreichen Motorräder, die hier parkten.

„Fährmann ist noch da. Und wir haben auch die Ehre mit Kläschbach."

„Kennst du die Feuerstühle so genau?" fragte Karl.

„Vor allem die Nummernschilder."

Eine Gruppe rüder Burschen verschwand eben durch den Eingang. Unten, in der Tiefe des Kellers, dröhnte für einen Moment Musik auf. Ein Typ, der entweder kein Geld oder die Nase voll hatte, startete seine Maschine und fuhr ab.

„Den Odemar Nüpp", sagte Tim, „haben sie auf dem Hof verdroschen. Ich war noch nicht hinten. Bevor wir dem Stinktier ins Auge blicken, stelle ich mal fest, ob es Fluchtwege gibt."

Er überließ Klößchen sein Rennrad.

Während die drei warteten, trabte Tim durch die Hofeinfahrt links vom Haus. Sie wurde eingezwängt von fensterlosen Mauern. Tim trat auf betonierten, schmutzigen Boden. Der Hinterhof gehörte zu dem PULVERFASS-Gebäude, das immerhin zweistöckig war. Aber die Etagen wurden nicht als Wohnungen genutzt – weil niemand den Disko-Lärm ertragen hätte. Die Räume dienten als Lager einer Heimwerker-Firma.

Mülltonnen, fünf insgesamt, bildeten eine Reihe. An der hinteren Hofmauer stapelten sich Bierkästen mit leeren Flaschen.

Es gab zwei Hintertüren, wie Tim sah. Die eine lag drei Stufen über dem Hof und sah aus, als werde sie selten benutzt. Ein Riegel mit Vorhängeschloß sicherte zusätzlich, und auf den Steinstufen gedieh ein Moosteppich, der keine Trittspuren aufwies.

Die zweite Hintertür gehörte zum Kellergeschoß. Und von dort her drang der Rock-Sound.

Neben der Treppe, die zu der zweiten Tür hinunterführte, türmten sich Kisten und große Kartons, in denen leere Schnapsflaschen auf ihr Recycling (*Wiederverwendung*) warteten.

Zwischen Kisten und Hauswand blieb ein brustkorb-tiefer Abstand – zum Glück für Tim. Denn in diesem Moment öffnete sich die PULVERFASS-Hintertür, und Gert Fährmanns Stimme erscholl.

„... reicht's doch völlig, wenn wir ihn zusammenschlagen. Aber erst muß er euch die Uhren zurückgeben."

Das schoß Tim ins Blut wie ein 40-Grad-Jagdfieber.

Er atmete aus und konnte sich so hinter den Kisten-Turm quetschen. Spalten zum Durchspähen gab es genug. Er sah die drei Typen genau, die sich jetzt im Hof aufstellten, halbkreisförmig wie ein strenges Tribunal (*Gerichtshof*).

Fährmann grinste mit kurzer Oberlippe. Die beiden andern kannte Tim nicht. Der eine war groß, hager und mindestens 40, der Bullige wirkte wie ein ausgedienter Faustkämpfer.

Alle blickten zur PULVERFASS-Tür und warteten.

Wen, überlegte Tim, wollen sie zusammenschlagen? Egal! Ich werde es verhindern. Das Stinktier und der Hagere sind Schlappis. Aber vor dem Bulligen nehme ich mich in acht.

Er atmete geräuschlos.

Wieder wurde unten die Tür geöffnet.

Eine Männerstimme, die Tim sofort erkannte, protestierte: „Was soll das? Laßt mich los! Wenn ich euch als Gast nicht gefalle, könnt ihr..."

Die Stimme verstummte. Offenbar hatte der Mann das Trio entdeckt.

Ewald Meisner! dachte Tim. Sein Original-Ton klingt genau wie durchs Walkie. Soll der Dieb Prügel kriegen? Was hat der zu schaffen mit Zados Schutzgeld-Mafia? Meisner ist doch nur hier, um Carina zu treffen.

Jetzt kam der Dieb mit seinen Begleitern ins Blickfeld.

Ein blondgefärbter und ein dunkelhaariger Typ hatten ihn rechts und links gepackt. Tim vermutete, daß es sich um Bodo und Frank, die Schläger, handelte.

Das wurde sofort bestätigt.

Denn der Bullige sagte: „Gut gemacht, Bodo und Frank. Na, Duzielsky! Erkennst du uns? Ich hatte das Vergnügen, dich vorhin im Kaufhaus festzunehmen, als die Kette von dir geklaut wurde, die ich dann in meiner Tasche wiederfand. Sehr gekonnt! Das müssen wir dir lassen. Die Verkleidung als Penner paßte dazu. Leider hast du außerdem unsere Uhren gestohlen. Das war ein Fehler."

Wieder klapperte die Kellertür. Aber niemand drehte sich um, sah hin oder wirkte beunruhigt.

Dazu bestand auch kein Anlaß. Denn es war Achim Kläschbach, der kurzatmig die wenigen Stufen heraufkam.

„Immer wenn es spannend wird", keuchte er, „muß ich austreten."

Das interessierte keinen.

Tim preßte die Zähne aufeinander. Sechs Gegner, dachte er. Mindestens drei sind ernst zu nehmen, nämlich Bodo, Frank und der Kaufhaus-Detektiv – der er sicherlich ist, der Bullige. Mit Meisners, alias Duzielskys, Hilfe kann ich nicht rechnen. Das wird hart. Am besten, ich nehme eine Flasche zum Zuschlagen.

„Eure Uhren", sagte Meisner mit erstaunlich ruhiger Stimme, „gebe ich euch zurück."

„Und du meinst", höhnte der Bullige, „das genügt? Nein, Freundchen. Wenn Bodo und Frank mit dir fertig sind, erkennt dich deine eigene Mutter nicht mehr. Du wirst nächtelang nicht schlafen – und dich wochenlang nicht bewegen können. Aber der Weg zu den Bullen ist dir verbaut. Einer wie du kann nicht um Hilfe bitten. So! Und bevor es jetzt losgeht, sagst du, wo unsere Uhren sind."

Stille. Tims rechte Hand tastete nach einer leeren Zwei-Liter-Flasche.

Bodo und Frank hielten den Dieb noch immer an den Armen.

Tim sah ihn schräg von hinten. Sonderbarerweise wirkte Meisner kein bißchen beunruhigt.

„Ihr habt doch nicht etwa die Absicht", sagte der Dieb, „mit mir umzuspringen wie mit den Internats-Schülern? Das wäre dumm, Hugo Plaschke, Otto Fengstein, Gert Fährmann, Achim Kläschbach, Bodo Dreyer, Frank Zeschel. Da staunt ihr? Ja, ich kenne euch alle."

„Woher?" rief Plaschke und trat drohend einen Schritt vor.

„Woher? Weil ich dein Boss bin, du Esel", erwiderte Meisner, „ich bin Zado."

An dem Tisch in Nische 4 ging es hoch her.

Meisner hatte eine Flasche Cognac bestellt. Alle bedienten sich. Die Gesichter glänzten. Plaschke schüttelte immer wieder den Kopf. Der Detektiv konnte es nicht fassen.

„Tut mir ja leid", hatte Meisner erklärt, „daß ich euch als Penner den Streich spielen mußte. Aber es ging um die kleine Carina Vadutti, meine Schülerin. Ich wollte sie beeindrucken. Das ist auch geglückt. Sie hat sich köstlich amüsiert.

Daß ihr dabei die Dummen wart", er meinte Plaschke und Fengstein, „bringt euch nicht um."

Die beiden lachten. Fährmann und Kläschbach stimmten ein. Meisner spähte umher. War Carina noch nicht da? Sobald sie auftauchte, würde er die Tischrunde verlassen. Das Mädchen sollte ihn nicht zusammen sehen mit Plaschke und Fengstein.

Bodo hatte eben ins Mikrofon gesprochen und einen Hit angekündigt. Jetzt kam er zurück an den Tisch. Frank hatte den beiden Bardamen gesagt, sie müßten erstmal ohne ihn auskommen. Er wäre eingeladen von seinen Freunden.

Plötzlich erstarrte Fährmanns Blick. Kläschbach, der das Glas zum Mund führte, hielt auf halbem Weg inne. Die andern vier merkten das und hoben die Köpfe.

Tim trat an den Tisch und spielte mit Gert Fährmanns Manschettenknopf, den er auf dem Handteller auf und ab tanzen ließ.

„Die Schutzgeld-Mafia", sagte Tim, „vollzählig versammelt. Da überfällt einen der Ekel. Aber das ist noch nicht alles." Er streckte den Arm aus und hielt Fährmann den Manschettenknopf hin. „Weißt du, wo wir den gefunden haben, du Stinktier? Bei Nicole Bertram. Dort wolltest du dir wohl selbst beweisen, was für ein cleverer Einbrecher du bist. Euer Spiel, ihr Drecksekerle, ist aus. Nur eins weiß ich noch nicht: Wer von euch beiden – Fährmann oder Kläschbach – hat die 50 Mark in der Tasche, das Geld, das Reinhold Stallheim zusammen mit Uhr und Outdoor-Messer abliefern mußte – in dem toten Briefkasten an der Mauer. Einer von euch zweien war's. Aber das werden wir ja merken, wenn man euch die Taschen filzt. Einer der Scheine ist nämlich prima gezinkt. Mit 'nem Tintenklecks und 'ner Seriennummer, die..."

Weiter kam er nicht.

Bei Frank, der sich für den Stärksten hielt im PULVER-FASS-Keller, übersprang der Leichtsinn die Hemmschwelle.

Der Schläger schnellte hoch, warf sich auf Tim und landete – ehe er wußte, wie ihm geschah – mit solcher Wucht auf dem Tisch, daß dem die Beine wegbrachen.

„Guter Wurf!" lobte Klößchen aus dem Hintergrund.

Ein paar Dutzend Typen gafften. Und dann war plötzlich Polizei da – in Uniform und Zivil.

Die Mitglieder von Zados Schutzgeld-Mafia wurden verhaftet.

Eine Stunde später herrschte wieder Ordnung im PULVERFASS.

Ein neuer Tisch stand in Nische 4.

Dr. Alois Genschhöfer, der Punk-Pauker mit dem goldenen Ring im Ohr, hatte dort Platz genommen. Mit glänzenden Augen hörte er ‚Miß Fiffi' zu, der Rock-Sängerin, die den Disko-Keller mit ihrer Power-Stimme füllte – und im Privatleben Genschhöfers Braut war.

„Starke Stimme!" lobte Tim und nippte an seiner Cola.

Gaby und Carina pflichteten bei.

Klößchen nölte, weil er keine Schokolade bei sich hatte; und Karl, der von Musik herzlich wenig versteht, enthielt sich des Urteils.

„Ausnahmsweise erlaube ich euch", sagte Genschhöfer, „daß ihr länger bleiben dürft." Er meinte Tim und Klößchen. „Sagen wir, bis elf. Dann zittern wir ab. Ja, bis elf. Das ist zu verantworten. Das nehme ich auf meine Kappe. Immerhin habt ihr heute eine kriminelle Organisation ausgehoben, von der unsere Schule bedroht war. Der Herr Dirktor wird staunen, wenn er das erfährt."

Na, großartig! dachte Tim. So ist ja alles bestens. Zu unserem Glück fehlt jetzt nur noch, daß Carina mit einem blauen Auge davonkommt. Aber das werden wir schon drehen, denn eine schlechte Person ist sie nicht – nur eine verführte.

ENDE

Jetzt 2 neue Titel!

Band 44: Chinesische Verbrecher, sie nennen sich Triaden, bringen neue Aufregung für die TKKG-Freunde. Werden die vier den Handel mit Rauschgift stoppen können?

Band 45: Gaby wird in letzter Sekunde vor einem Kampfhund gerettet. Der Retter entpuppt sich als entflohener Verbrecher, der aber beteuert, unschuldig zu sein. Können die TKKG-Freunde seine Unschuld beweisen?

Ein Jugendbuch von Pelikan Ein Jugendbuch von Pelikan

JB 44 JB 45

Das sind die 43 anderen TKKG-Abenteuer:

1 Die Jagd nach den Millionendieben
2 Der blinde Hellseher
3 Das leere Grab im Moor
4 Das Paket mit dem Totenkopf
5 Das Phantom auf dem Feuerstuhl
6 Angst in der 9a
7 Rätsel um die alte Villa
8 Auf der Spur der Vogeljäger
9 Abenteuer im Ferienlager
10 Alarm im Zirkus Sarani
11 Die Falschmünzer vom Mäuseweg
12 Nachts, wenn der Feuerteufel kommt
13 Die Bettelmönche aus Atlantis
14 Der Schlangenmensch
15 UFOS in Bad Finkenstein
16 X 7 antwortet nicht
17 Die Doppelgängerin
18 Hexenjagd in Lerchenbach
19 Der Schatz in der Drachenhöhle
20 Das Geheimnis der chinesischen Vase
21 Die Rache des Bombenlegers
22 In den Klauen des Tigers
23 Kampf der Spione
24 Gefährliche Diamanten
25 Die Stunde der schwarzen Maske
26 Das Geiseldrama
27 Banditen im Palasthotel
28 Verrat im Höllental
29 Hundediebe kennen keine Gnade
30 Die Mafia kommt zur Geisterstunde
31 Die Entführung in der Mondscheingasse
32 Die weiße Schmuggler-Jacht
33 Gefangen in der Schreckenskammer
34 Anschlag auf den Silberpfeil
35 Um Mitternacht am schwarzen Fluß
36 Unternehmen Grüne Hölle
37 Hotel in Flammen
38 Todesfracht im Jaguar
39 Bestien in der Finsternis
40 Bombe an Bord
41 Spion auf der Flucht
42 Gangster auf der Gartenparty
43 Überfall im Hafen

Jugendbücher von Pelikan

Stefan Wolfs Krimi-Magazin

AUSGESUCHT VON TKKG-AUTOR STEFAN WOLF

14 spannende Geschichten

Ein Jugendbuch von Pelikan

14 spannende Geschichten auf 256 Seiten

Im ersten Band seine Krimi-Magazins ver sammelte Stefan Wol besonders wohlklin gende Namen fü Krimikenner. Da is sogar Sir Arthur Conar Doyle dabei, den jede wohl als den Schöpfe des berühmten Sher lock Holmes kennt Und es werden sich alle Stefan Wolf-Le ser freuen, diesma Dr. Watson gleich in zwei Geschichten zu begegnen. Zunächs geht es um die tra gischen Verstrickungen von Isa Whitney, der dem Opium verfaller ist und schon seit 2 Tagen vermißt wird. Die zweite Geschichte beginnt mit: „Angst, Mr. Holmes. Nackte, Kalte Angst", die eine ver störte junge Frau in die Praxis treibt. Außerdem stellt Stefan Wol auch Wolfgang Ecke mit seiner Geschichte „Ein Meisterschuß" un Hansjörg Martin, als Autor vieler Fernsehkrimis bekannt, mit de Geschichte „Wie bring ich meinen Pauker um?" vor. Da beschreib Lorenz Mack ein „Millionenspiel am Abgrund" und Pierre Boillar und Thomas Narcejac die „Galgenfrist bis morgen früh".

Für seine eigene Lesergemeinde hält Stefan Wolf in seine Sammlung eine brandneue TKKG-Geschichte bereit, die von „ver tauschten" Gangstern handelt, und seinen neuesten Krimi um Tor und Locke: „Heiße Spur zu Fridolin".

Sozusagen als Zwischen-Mahlzeiten werden zudem vier kurze Rätsel-Krimis und ein ganzer Sack voll kniffeliger Knobeleier serviert. Klar, daß alle Lösungen am Ende des Buches nachzuschla gen sind, damit sich Nachwuchs-Detektive fortbilden und die Könner sich bestätigt finden können.

Echte Stefan Wolf-Spannung – überall da zu bekommen, wo es TKKG-Bücher gibt.

Jugendbücher von Pelikan